DJ Stalingrad

EXODUS

Aus dem Russischen von
Friederike Meltendorf

Matthes & Seitz Berlin

gewidmet unserem liebsten Fedja

Die Sonne brennt. Der strahlende Himmel und das Wasser im Meer – ein Chlorblau wie in der Kindheit. Wir steigen den Hügel hinauf, zur Altstadt, dorthin, wo die antike Festungsmauer ihre Ringe gezogen hat wie sich windende steinerne Drachen. Ringsum verfallene Häuser, sie dürfen weder abgerissen noch restauriert werden, in den meisten wohnen Zigeuner. Auch wir suchen ein neues Haus. Hinauf, hinauf die kleine Kopfsteinpflasterstraße, fast bis ganz oben sind wir gelaufen und haben eins gefunden.

Ein nicht zu großes, ordentliches, weiß gestrichenes Landhaus, zwei Stockwerke, Weinreben, Veranda. Wir haben geprüft, ob es Strom gibt, gibts, geprüft, ob es Wasser gibt, gibts auch, Menschen nicht. Angekommen und gefunden.

Ich habe einen Sessel auf die Veranda gestellt. Hitze, im Hof ist Dezember. Unten Ziegeldächer, ein Hafen, eine Bucht und verschneite Berge am Horizont. Zwischen dem Kram im Haus fanden sich Bücher in unbekannten Sprachen und ein leeres liniertes Heft. Da schreibe ich rein. Ich wollte sehr lange nichts schreiben, jetzt will ich. Ich brauche es. Ich bin entspannt und schreibe einfach Bilder auf, eins nach dem anderen, wie sie in meiner Erinnerung auftauchen. Sie haben die ganze Zeit in mir gelebt, mich belagert und gequält, ich konnte an nichts anderes denken. Jetzt mache ich diese Aufzeichnungen, und mit jeder Seite kann mich einer der Dämonen, die dort hängengeblieben sind, die sich über meinem Kopf verhakt haben, verlassen und für sich eine neue Form auf dem Papier finden. Je länger ich schreibe, desto leichter wird mir, all mein Leiden banne ich auf dieses Papier, und wie immer erduldet es alles. Mir wird tatsächlich leichter, ich erinnere, um zu vergessen.

Shenja und ich sitzen bei Freundinnen in einer Wohnung in Petrograd. Draußen vor dem Fenster massenhaft Schnee, wir blasen Trübsal. Wir haben unsere Heimatstadt verlassen, mit der uns so viel verbindet. Shenja bekam am Ende Schwierigkeiten mit der Drogenpolizei, sie warteten vor seiner Wohnung. Roma war ihn besuchen gekommen – sie fickten ihn im Auto ordentlich durch, dann musste er nackt zwei Stunden lang wie bekloppt Kniebeugen machen, damit das Heroin aus ihm rausrutscht. Jetzt sind wir hier, ich hab ihm was gedrückt – Shenja ist glücklich. Die Damen füllen uns ab, ich bin in der Stimmung, über was Ernstes zu reden, Trübsal zu blasen. Ich lege eine Platte mit Liedern von Wertinski auf.

»Du hättest schon früher den Wohnort wechseln sollen, Shenja. Wärst du noch länger in Moskau geblieben, hätten sie dich entweder eingelocht oder du wärst an einer Überdosis gestorben.«

»Weißt du noch, wie ich damals in Petrosawodsk fast gestorben wäre?«

»Ja, am Krepieren warst du, beinahe hätten wir dich nicht gefunden. Sind mit unseren Bussen durch die ganze Stadt gefahren, da seh ich, wie du an der Ampel stehst, die Augen kippen dir weg. Ich hab trotzdem nie verstanden, warum du damals fünfzehn Tropfen genommen hast.«

»Naja, ich wollte es eben ausprobieren, es ist einfach so passiert. Entschieden hatte ich das viel früher. Ich weiß nichts mehr, nur noch, wie ich im Bus zu mir kam, du neben mir und alle Jungs, und plötzlich bleibt mein Herz stehen. Stille. Ich hau mir auf die Brust, mit aller Kraft, einmal, zweimal. Und es fängt wieder an zu schlagen ... Präkordialer Faustschlag, Erste Hilfe.«

»Ein ordentlicher Schlag in die Fresse – das ist Erste Hilfe. So haben wir Leute auf der Arbeit oft zur Besinnung gebracht. Gläubige Boxer nannten es Versuchung.«

»Ich weiß noch, wie ich Fedja frage, wo er die Narben über der Braue herhat. Er sagt: ›Ich bin mal besoffen in eine Schlägerei geraten, die haben mich bewusstlos gefickt. Ich kam in die Alki-Trauma – die Unfallstation für Unzurechnungsfähige. Es ist Nacht, ich komm auf einem Stahltisch zu mir, als mir ein Kerl die Braue näht, grob wie einem Hund, und auch noch direkt über meinem Gesicht raucht. Es tut weh, ich bin besoffen, meine erste Reaktion – ich hau ihm eins in seine beschissene Fresse. Was für Kerle da von allen Seiten angerannt kamen, in weißen Kitteln, wie Kühlschränke. Die haben mich dermaßen gefickt, verfickte Scheiße, und rausgeschmissen in den Frost. Um fünf Uhr morgens, ich habs kaum zur Metro geschafft, kapiere nichts, die ganze Kleidung voll getrocknetem Blut, wie Holz. Kein Geld für ein Ticket. Die Alte am Drehkreuz sagt: Geh durch, Söhnchen, wieder in der Alki-Trauma ...‹ Massen solcher Geschichten hatte der.«

»Ja, vor fünf Jahren sind wir mal nach Kirow gefahren, er hat den ganzen Weg von seiner Arbeit erzählt, von all den Fabriken. Wie sie in der Halle besoffen Karten gespielt und den Verlierer an den Kranhaken gehängt haben, wie sie ihn über dem Siemens-Martin-Ofen baumeln ließen. Der jault und wird geröstet, alle lachen ... Wie sie Wetthüpfen über die Säurewannen gemacht haben. Und die Geschichte mit der Schürze, kennst du die?«

»Nein.«

»Da hat er in einem Betrieb gearbeitet, in einer Tischlerei, und wenn sie auf der Arbeit soffen, machten sie Folgendes: Sie hatten Leinenschürzen, die ziehst du an und nagelst sie wie bekloppt an diese verfickte Maschine, und dann kannst du nicht mehr umfallen!

Der Vorarbeiter kommt zum Kontrollgang – die ganze Mannschaft festgenagelt ...«

»Ja, genau. So hat er gearbeitet, seit er vierzehn war ...«

»Tja, ich denke oft, dass ... und er hat das selbst gesagt ... dass er im Leben ganz schön weit gekommen ist. Dass ihm vom Schicksal ein ewiges Dahinvegetieren bestimmt war, voll Armut und Scheiße, aber er hat doch ein ganz lustiges Leben gehabt, hat ordentlich was geschafft. Er hat erzählt, wie er mal einen Klassenkameraden getroffen hat, der in einem Büro arbeitet, billiges Jackett, grinst nur und erzählt eine ganze Stunde, wie er sich einen neuen Heimtrainer gekauft hat, wie toll der ist, lobt sich. Fedja ist müde, verkatert, kommt außerdem gerade von der Arbeit, und der fragt ihn: ›Was hast du denn erreicht?‹ Fedja ist scheißegenervt und brutal direkt: ›Einen Heimtrainer hab ich nicht, Geld auch nicht, aber gestern, da hab ich auf den Rjasanski Prospekt einen Kerl mit einem Eimer verdroschen. Er wurde mit dem Krankenwagen abtransportiert ...‹«

»Ich versteh einfach nicht, warum wir nicht alle sitzen.«

»Naja, wir sitzen eben nicht, wir hören gerade in Piter Wertinski, Fedja ist unter der Erde, Kolja hinter Gittern ... jedem das seine, wie man so sagt.«

»Stimmt. Echt Wahnsinn, wie Kolja all die Jahre gefeiert hat ... wie wir damals druff waren, an der

Metro sind wir voll abgeflogen, sind auf irgendwelche Schickimickis los, er mit ner Knarre, ich mit ner Machete. Alte Scheiße, wie mexikanische Gangster, und dann haben wir uns in die Metro zurückgezogen, Rücken an Rücken, haben mit den Waffen rumgefuchtelt und die Bullen haben sich alle verdrückt.«

»Die haben euch alle längst gesucht und ihr habt trotzdem ordentlich weitergemacht ... und dann noch diese Knarre, er hat die ganze Zeit damit rumgeballert. Steigt nachts besoffen in die Metro, zieht die Knarre und schreit: ›Es lebe Stalin!‹ Alle Fahrgäste verpissen sich sofort aus dem Zug ...«

»Oder wie wir besoffen in den Laden sind, Kolja krallt sich Wodka, Kognak, aus allen Taschen ragen Flaschen. Wir gehen zur Kasse. Er zahlt einen Kaugummi, da fällt ihm die Pistole aus der Jacke, direkt aufs Verkaufsband. Er entschuldigt sich, nimmt den Kaugummi und geht. Die Wachleute sind einfach zur Seite getreten ...«

»Na ja, er hatte nicht immer so ein Schwein. Vorigen Sommer hat er einem Wachmann einen Zigarettenständer übergezogen und ihm die Birne eingeschlagen, danach haben sie Kolja die Birne zerkloppt ... Ich hab ihn die ganze Nacht von Notaufnahme zu Notaufnahme gekarrt.«

»Das war totaler Wahnsinn, als wäre ihm schon alles scheißegal gewesen.«

»Na, stimmt doch, er hatte ja auch nichts zu verlieren: die Familie bettelarm, die Eltern Rentner. Was sollte er denn machen? Als Träger wollte er nicht arbeiten ... und ich übrigens auch nicht, wie viel ich auch geackert hab – alles umsonst. Gutes Geld verdien ich nur, wenn ich lange Finger mache oder wenn was vom Himmel fällt. Das ganze letzte Jahr zum Beispiel hab ich nicht gearbeitet, hab all die Konzerte gemacht und hatte mehr Geld als je zuvor. Es war interessant, brachte Ruhm, brachte Geld und arbeiten musste ich auch nicht ... Was für Partys wir in dem Sommer hatten, echt geil ...«

»Ja, ich hab auf den Partys auch ziemlich geil verkauft ...«

»Das hat man gesehen, durchgedreht sind die alle, haben sich gegenseitig mit Messern und Flaschenhälsen aufgeschlitzt, ihre eigenen Kumpel mit Schlagringen verdroschen, nachts sind sie ins Lagerfeuer gefallen und wurden geröstet. Morgens fing es an zu regnen, die Leute sind nackt durch den Schlamm gerobbt, die Musiker haben echt im Sumpf gespielt! Das ist mal Rock'n Roll! ... Oder im Winter, im Kulturhaus, ich geb ein Konzert, da stürzt der Direktor auf mich zu, knallrot, und schreit: ›Was soll denn der Scheiß, so war das nicht abgemacht! Die Leute drücken mitten im Foyer.‹ Mann, war das geil ...«

»Ja, und hier kann es auch so werden ... wir leben

uns in Piter ein und legen dann los ... langweilen werden wir uns jedenfalls nicht.«

»Nee, mach was du willst, aber ich bin fertig. Für mich ist das alles vorbei. Als sie Fedja umgelegt haben ... in dem Moment fiel es mir wie Schuppen von den Augen, vorher stand ich im Dunkeln und plötzlich sah ich klar. Ich will nicht mehr, danke nein, es reicht. Konzerte, Auswärtsspiele, Schlägereien, Zechereien, Partys – Schluss, das bedeutet mir nichts mehr. Ich kann nicht mehr.«

***

Durch die schwarzen Fenster der Nacht, aus dem Dunkel der endlosen Moskauer Winter kam Er zu mir. Er öffnete das Fenster, betrat mein verängstigtes Kinderherz und sagte:

»Siehe, du bist verdammt. Alles wird sehr schlimm, dein Leben wird für dich eine sinnlose, endlose Qual und für deine Mitmenschen eine Bürde. Du wirst ertragen, dann wird man dich ertragen, es wird niemals enden. So habe Ich dir geheißen.

Aber du kannst das ändern, knie vor Mir nieder, diene Mir, übergib dich vollständig Meinem Willen, und Ich mache dein Leben zu dem, was Ich will. Es wird darin viel Schreckliches, Dummes, Krasses, Scheußliches geben … Nichts wird dir gehören, Ich gebe dir, was Ich will, nur das. Als Besitzloser wirst du dich durchbetteln und klauen. Ich werde dich mehr und mehr ausnutzen, du wirst zur Lieblingsfigur in Meinem Spiel, doch irgendwann werde Ich dich austauschen, zerquetschen und in den Müll werfen. So wird es, vertrau Mir.«

Und ich blieb bei Ihm, Er trat als Bedrohung und Angst für immer in mein Herz, ich kniete vor Ihm nieder und ließ Ihn ein. Jahre später kam ich zu dem Schluss, dass Er der Herrgott ist. Mir bleibt nur, auch jetzt auf Ihn zu hoffen …

Sagt mir warum? Warum? Insgeheim weiß ich genau warum.

Der Typ ist nicht schlecht gekleidet, bescheiden, geschmackvoll. Ordentliche Frisur, entschlossene Gesichtszüge, wirkt athletisch, treibt Sport, zuversichtlicher Blick aus braunen Augen. Er ist keine dieser modischen Schwuchteln, er ist ein ernsthafter, guter Kerl – ein starker, mutiger, okayer Typ. Er handelt überlegt, liebt aber die Leidenschaft, den Moment und den Übermut des Spiels. Seine Nase hat einen kleinen Höcker, sie war mal nach einer Schlägerei gebrochen – der Junge kennt den Geschmack von Blut auf den Lippen nicht nur vom Hörensagen. Er ist immer bereit, für sich und seine Nächsten einzustehen, hat viele Freunde, unter denen er berechtigtes Ansehen genießt. Viele Freundinnen, die ihn dafür lieben, dass er gefährlich, risikofreudig, ja männlich wirkt, was den Jungs aus der Stadt einfach abgeht. Er amüsiert sich, spielt leidenschaftlich, gibt gerne Geld aus, findet leicht aus schwierigen Situationen raus – er ist noch jung, hat aber schon ordentlich was erlebt. Und er ist rechtschaffen, ein guter Kerl. Er hat die richtige Vorstellung davon, wie man das Leben richtig lebt. Nicht nur schön, übermütig, mit lustigen Mädels und wilden Freunden, sondern auch bedacht, so, dass er sich nicht seiner sinnlos vertanen Jugendjahre schämen muss. Wissen braucht man und Einsicht. Sein Land muss man lieben, Vater und Mutter ehren, Prinzipien vertreten, Alkoholmissbrauch vermeiden, ein gutes Mädchen finden, eine Familie gründen, Kinder erziehen. Alles tun, wie es sich gehört, schön ein schönes Leben führen, ohne Unterlass.

Tja, dieser Kerl steht abends vor einem Laden, und ich trete von hinten an ihn ran. In einem ollen Pulli, dreckigen Turnschuhen, mit einer schlampig rasierten Glatze, pubertärem Bartflaum, das Gesicht voller Pickel, verfaulte Zähne. Und innerhalb einer Sekunde verwandelt sich dieser super Typ in ein Stück Scheiße. Ein Eisenrohr macht aus seinem Kopf blutiges Hackfleisch. Zähne, Hautfetzen, Blut fliegen in alle Richtungen. Ich bin ein Fünferkandidat aus der letzten Reihe, meine Klassenkameraden verachten mich, ich saufe und wichse. Ich habe eine eingefallene Brust, einen rachitischen Bauch, ich neige zu Asthma, habe ein schwaches Herz, hatte nie eine normale Arbeit, hatte nie einen Vater, hatte nie eine Freundin. Innerhalb einer Sekunde räche ich mich an diesem Wichser für all die Jahre, für mein ganzes Leben, für all die Idioten wie mich, für die Krüppel, die Kranken, für die Kinder des Angestelltenproletariats, für alle Dummen, Infantilen, für die Versager, die einen beschissenen Wahnsinnsanteil an der Bevölkerung unseres Landes ausmachen. Ich werde ihm mit diesem Eisenrohr für uns alle den Kopf einschlagen, und es wird etwas von Heiligkeit haben. Beziehungsweise hat Heiligkeit immer etwas davon.

»Die Kinder von Bullen hassen Bullen!« Im Winter 2005 sind wir mit Vorortzügen nach Rjasan gefahren, es war Frost, arschkalt, alle sind schlicht durchgedreht. Wir kamen in das abgewichste Kino, Rjasaner waren fast keine da, also blieben wir beim Konzert unter uns. Uns alle, rund vierzig Leute, die im Saal waren, überfiel eine kranke Aufregung, die sich in Euphorie verwandelte. Wie wir es liebten.

Der besoffene Gena kroch auf die Bühne, griff sich das Mikro, skandierte irgendwelche Zeilen, wir kapierten nicht gleich, dass das Lieder waren, eines nach dem anderen. All seine verfickten Schwachsinnshits. Wir gerieten in Raserei, fielen krampfend zu Boden, zuckten in qualvollen Tänzen, tanzten epileptische Reigen, verprügelten einander. Nachts dann quer durch die ganze Stadt zum Bahnhof, Mischa hätte fast seine Freundin umgebracht, als er ihr einen Ziegelstein an den Kopf schmiss. Ein paar Leute schlug es unterwegs derart gefickt auf den Asphalt, dass sie nicht mehr laufen konnten, wir mussten sie tragen. Serjosha, Vater von zwei Kindern, sagte, dass er gleich stirbt, hielt ein Auto an und fuhr zum Bahnhof. Es war Quatsch, ihn alleine vorfahren zu lassen – dort geriet er mit Angehörigen einer Spezialeinheit bewaffneter Fallschirmjäger aus Tschetschenien aneinander, die sofort ihr Urteil über ihn fällten. Sie tranken gerade im Wartesaal mit örtlichen Bullen Wodka und aßen dazu Eistorte, die sie mit einem Bajonettmesser aufspießten. Alle hatten Maschinengewehre. Wir waren auch irgendwie bewaffnet, außerdem waren wir in der Überzahl und aggressiv drauf, die Soldaten entschieden, sich auf Verhandlungen zu verlegen und boten den Unterhändlern Wodka an. Die tranken und begannen eine Antikriegsdiskussion, erklärten, dass es in der libertären Welt der Anarchie keine Armee braucht. Während die Fallschirmjäger noch die Information verdauten, kam die morgendliche Elektritschka und wir zogen ab. Fingen an, uns in die Waggons zu hieven, ich gucke – wieder kein Serjosha. Denke, die haben ihn geschnappt, renne über den Bahnsteig und seh plötzlich – da steht ein Bulle an der Kasse, der wartet auch auf die Elektritschka, von hinten nähert sich ihm Serjosha, Vater von zwei Kindern, öffnet seinen Hosenstall und fängt an, auf dessen Hose zu strullern ... Beherzt schlagen wir Serjosha k.o., schubsen ihn in den Waggon ... Bis bald.

Serjosha kann Bullen echt nicht leiden, immer wenn er sich besäuft, läuft er durch die Stadt und fickt sie, dann ficken sie ihn, packen ihn, schleppen ihn aufs Revier, nachts kommt dann Serjoshas Frau und löst ihn aus. Das passiert regelmäßig. Einmal hätten sie Serjosha beinahe richtig eingelocht, als er, während er auf dem Revier im Affenkäfig saß, durch das Gitter auf einen Untersuchungsbeamten eindrosch, der gerade vorbeilief.

Sergej ist ein sehr guter, im Leben verlorener Sowjetmensch. Davon gibt es nicht mehr viele.

Alles begann vor langer Zeit. Der rote Tag. Volk in Riesenmassen: Alte Männer, alte Frauen, Irre, Clowns, Narren, Psychos, Idioten, Lügner, Diebe, Spaßvögel. Wir alle. Am roten Tag morgens auf dem Platz zu Füßen des Führers. Bereit, von ihm weg und wie ein purpurnes, flammendes Hallo hinüber zum Großen Lehrmeister zu gehen, der gegenüber vom Bolschoj Theater steht. Ich bin stark erkältet, habe mich nachts mit Medikamenten vollgepumpt, es hat nicht geholfen. Morgens sind wir auf der Suche nach einer Apotheke durch das menschenleere Viertel Samoskworetschje gelaufen, ich im Fieberwahn, glühe, alles verschwimmt vor den Augen. Na geil, das hat gerade noch gefehlt.

Unsre Leute haben sich allmählich versammelt, die Stiefel so rot wie die Flaggen. Daneben eine imposante Kolonne in Schwarz, sieht sehr hart aus, romantisch-revolutionär. In der Mitte steht eine blonde Schönheit im schwarzen Military-Look, die sich auf eine Fahnenstange mit schwarzem Hammer und Sichel stützt, mit den Kämpfern herumblödelt, ihnen Zigaretten anbietet. Ja ... von denen sind wir weit entfernt.

Unsere rote Kolonne, also eigentlich keine Kolonne sondern ein Haufen, ist die letzte bei dieser Parade, hier laufen die Punks, Leute in Rockerlederjacken, Idioten in Stalinmänteln, wir, die Revolution. Alle sind besoffen und zur Tat bereit. Um uns herum, am Schwanz dieses linken Marsches – das ganze Pack, kleine Grüppchen von Psychopaten jeder Couleur. Kosaken mit selbstgebastelten Orden in Militärmäntelimitaten, schmächtige orthodoxe Studenten rechtsradikaler Schwarzhunderter, Gottesmutter-Bogoroditschniki-Sektierer in grellen, durchgeknallten Kutten. Ein Teil der Leute mit Ikonen der Mutter Gottes, ein Teil mit Ikonen Stalins. Kurz: Scheiße.

Es kommt Bewegung auf, wir gehen als Letzte. Die erste Reihe mit einem Transparent, alle halten sich aneinander fest, weil sie so besoffen sind, dass sie sonst umfallen würden. Vor uns – Pioniere, Tulpen, die Warschawjanka, dahinter verderben wir den Parteileuten den Feiertag. »Fick dem Bourgois ins Maul rein – Stalin, Pol Pot sagen fein!« »Reformen enden auf den Schlag mit Stalin, Berija und Gulag.« Die Pioniere, Komsomolzen und Veteranen flippen aus, als sie so was hinter ihrem Rücken hören. Sie flippen noch mehr aus, als ihnen auf dem Weg verfickte Böller und Leuchtkugeln in den Rücken fliegen.

»Hört auf, Böller zu werfen!«, schreien uns wütende Pioniere mit roten Halstüchern an.

»Fangt an, Granaten zu werfen!«, kontert Jura aus der ersten Reihe und fällt auf seinen Nebenmann.

Danach kam es noch zu einer Prügelei mit den Komsomolzen, schon beim Marx-Denkmal, als sich ein verrückter Opa in einem Auto mit Boxen verbarrikadierte und versuchte, den Geist des Führers aller Völker heraufzubeschwören, indem er irre Stalin-Parolen skandierte. Seine fette Anlage erlaubte ihm, die Reden der roten Bonzen auf der Tribüne zu übertönen, bis die den Komsomolzen den Befehl gaben, den Provokateur zu entfernen. Wir stürzten zur Verteidigung der Revolution, aber unsere Hilfe war gar nicht nötig, die Rentner wehrten die Attacke selber ab – alte Frauen bildeten einen dichten Ring um das Auto, ein Veteran kletterte auf das Autodach und schlug von da oben mit der Stange einer roten Fahne auf die Komsomolzen ein wie der Heilige Georg. Wir alle liebten solche Momente.

Sieben Jahre später war wieder der Erste Mai, derselbe Ort, dieselbe Zeit, aber diesmal hatten wir selbst ein Auto und eine noch fettere Anlage. Aus den Boxen bläst gefickter Techno, die schwarze Kolonne ist von einem Doppelring der OMON-Spezialeinheit umringt. Durch sie hindurch zu unserem Laster drängt sich ein verängstigter Deputat und sein Gefolge. »Ich weiß nicht, wer ihr seid, aber um Himmels willen, macht doch nicht alles kaputt, die nehmen uns doch alle fest und mich gleich mit. Bitte, keinen Terror!« Ich lächle, drücke ihm seine zitternden Hände und lege einen neuen Track auf: »Let's Start a Riot!«

Ich habe Fedja kennengelernt, als er dreiundzwanzig war, jetzt bin ich selber dreiundzwanzig. Wir trafen uns zu zehnt, schnappten uns Eisenstangen und fuhren zu einem Treffen in einer Militärsiedlung im Moskauer Umland. In der Elektritschka wurde sofort Wodka ausgeschenkt, als wir ankamen, waren schon alle dicht. Am Bahnsteig holte uns ein tätowierter Typ mit Tunneln in den Ohren ab und schlug vor, dass wir wie die alten Recken auf einem russischen Feld in die Schlacht ziehen. Wir hatten genug Grips, Mischa vorzuschicken, um das Feld zu checken, das sich auf einem abgesperrten Gelände befand, hinter einer Betonmauer. Nach zwanzig

Minuten kam er wieder und erzählte aufgeregt, dass das hundertprozentig eine Falle ist und man uns dort begraben wird – bei dem Feld treiben sich Dutzende komischer Typen rum, die auf irgendwas warten. Von einem echten Kampf der Recken konnte nicht die Rede sein, die ganze Siedlung wimmelte von Leuten, die sich eingefunden hatten, um uns zu verprügeln.

Langsam rollte die Elektritschka Richtung Moskau auf dem Bahnsteig ein. Ich schaute Fedja an. »Fuck, sind wir etwa umsonst hergekommen? Scheiß drauf!«, sagte er, und wir gingen ins Dorf, um Gegner zu suchen. Wir mussten nicht lange suchen, sie krochen aus allen Ritzen wie die Kakerlaken und bildeten einen rund fünfzigköpfigen Haufen. Wir nahmen an einer Buskehre zwischen einigen Verkaufsbuden Aufstellung, und eine Sekunde später ging eine brüllende Lawine über unseren Köpfen nieder. Die Eisenstangen kamen gleich zum Einsatz, Flaschen zischten herum, ich wurde ganz schön eingepudert, schwere Stiefel spazierten fein über meinen Kopf und über die Rippen. Für den Gegner war der Zusammenstoß ebenfalls schmerzvoll, die ersten Reihen traten mit zerschlagenen Köpfen den Rückzug an. Ich machte die Augen auf und sah über mir Fedja, er hielt einen Eisenknüppel in der Hand und vertrieb das Pack. Ich und noch ein paar andere, die auf dem Asphalt lagen, wir standen auf, waren alle blutüberströmt, bauten uns mit den Armierungseisen in einer Reihe auf und luden zur Fortsetzung der Party ein. Doch eine zweite Attacke gab es nicht, sie hüpften noch ein wenig vor uns rum und brüllten, aber dann zogen sie sich zurück. Alle fünfzig, total unverständlich. Vielleicht waren die Wichser völlig platt und hatten keinen Plan, was sie nun anstellen sollten.

Am schlimmsten hatte es Serjosha erwischt – der ganze Kopf, das Gesicht, die Kleidung, alles voller Blut. »Hey, schaffst dus noch nach Hause?« »Geht schon. Nur meine Frau wird ausflippen, und die Kinder erst ... Papa ist wieder da ...«

Sie haben uns betrogen, die Schlauköpfe und reichen Säcke. Uns, Tausenden von Krüppeln, Armen und Dummen, haben sie gesagt, dass wir vieler Dinge würdig sind. Dass wir etwas Großartiges schaffen können oder zumindest etwas Gutes. Der eher Dumme etwas Großartiges, der eher Feige zumindest etwas Gutes. Sie haben uns gespalten und von uns Besitz ergriffen. Jetzt benutzen sie uns für ihre Ziele, die großartigen und wohlbedachten. Damit sie ihre Talente entwickeln, damit sie ihre Kraft steigern. Die Schlauköpfe und die reichen Säcke.

Doch alles ist wie früher, nur keine Illusionen. Die Krüppel sind erschaffen, um zu leiden, die Armen, um zu ackern und zu überleben. Das ist so einfach wie das Einmaleins. Kranke sind erschaffen für Krankheiten,

Waisen für Kinderheime, Rentner fürs Alter, Behinderte für Qualen, Narren fürs Lachen. Alles das Gleiche und ganz einfach, ich brauche nicht eure Märchen und Phantastereien, zusammengesponnen aus dem Nichts. Das haben sich alles die Schlauköpfe ausgedacht, die mit den Businessplänen und iPhones, Talenten und Stipendien, sie belächeln euch und sehen zu, wie ihr herumkrebst und euch tröstet. Das Paradies gibts nicht und wirds nie geben, vergesst den Scheiß.

Kommt, wir stellen uns die Welt mal neu vor – es gibt nichts. Ihr seid ein Stück lebendes Fleisch im Viehstall, nicht klug, nicht begabt, nicht reich, nicht gesund. All diese maßgeblichen Faktoren sind von Geburt an in einem angelegt, es ist nichts zu ändern an euren Genen, dem sozialen Status eurer Familie oder der Erziehung in den ersten anderthalb Jahren eures Lebens, in denen sich nun mal eure Persönlichkeit herausbildet. Eure Gene und die Geschichte eures Vaterlandes birgt eine toxische Ladung, die euer gesamtes zukünftiges Leben vergiften wird. Bedankt euch ruhig, dass ihr nicht mit einer Hasenscharte oder ohne Arme und Beine geboren seid (solche Leute gibt es in Massen, das wisst ihr selbst). Diesem Unglück seid ihr entronnen, Gott sei Dank. Nun sollte eure Hauptaufgabe für den Rest des Lebens im Streben danach bestehen, der extremen Widerlichkeit von Schmerz und Wahnsinn zu entrinnen, die das großzügige Schicksal auf eurem

Weg im Überfluss verstreut hat. Genau darum geht es und nicht etwa um den Aufbau einer besseren Welt, die Entwicklung von Talenten, die Selbstverwirklichung in Wissenschaft und Kunst, den Erwerb von Reichtum und Blüte. Ihr habt und hattet nie die geistigen wie finanziellen Ressourcen für all das, das ist Humbug. Wie viel du auch arbeitest, besteht dein Erfolg bestenfalls im Kauf eines Ladas. Künstlerisches Schaffen? Alles was du schaffen kannst, sind Schwachsinnigkeiten, wie du selber eine bist. Alles, was du im Leben wirklich erreichen solltest, ist, nicht als Penner, Schwerbehinderter, offensichtlich Wahnsinniger zu enden und dann schnell und ohne Qualen zu sterben. »Herr, gib uns einen Tod ohne Schmerz und Schmach.«

Schaut man noch genauer hin, wird die Situation noch klarer und unverhohlener. Hier, das ist unser Leben, wir können nicht einfach im Gleichgewicht bleiben, nicht krank werden, nicht arm werden, nicht leiden. Das Wohl des Zen erlangen wir nur mit zusammengebissenen Zähnen. Wir sind krank, bettelarm, am Ende werden wir alt, plus wir sind von einer unwirtlichen Natur umgeben und einem Haufen Idioten. Wir können uns nicht davon fernhalten, so sehr wir uns auch bemühen, früher oder später landen wir im Knast, kriegen einen Schlaganfall, eine Prostataentzündung, werden von anderen Gebrechen heimgesucht. Wir werden entlassen, beleidigt, vergewaltigt, geschlagen, verraten, zu Hause gequält, auf der Arbeit, von Kollegen, der Familie, Freunden, Feinden, Tieren ... Der Finger des Schicksals wird uns ununterbrochen drücken, bis er uns plattdrückt und die Gedärme aus uns rausquellen.

Wenn du arm bist oder erbärmlich, bleibt dir nur, alles auf eine Karte zu setzen. Alles, was wir all die Jahre gebracht haben, waren hohe Einsätze. Das ist eine zuverlässige Strategie, Jungs in der Dritten Welt saugen den Sinn des Spiels schon mit der Muttermilch auf, ich selber habe es in der Schule gelernt, aus dem Buch *Hagakure*. Das Leben ist eine Pokerrunde und du hast ein totales Scheißblatt. In dieser Situation ist es richtig, vabanque zu spielen, alles zu setzen. Es bleibt dir immer ein letzter Chip, den du bis zum Schluss nicht verlieren wirst: Dein Leben, und das setzt du wieder und wieder, und die Gegner passen und schmeißen die Karten hin. Das ist ein sicherer Weg, um bis zu einem bestimmten Punkt einen ordentlichen Batzen zu gewinnen. Doch einmal werden sie dich beim Bluffen erwischen und umlegen. Das ist unausweichlich. Aber generell gilt, wenn man jeden Tag morgens und abends betet, kann man sich ganz schön lange im Spiel halten. Diese Strategie ist die zuverlässigste für Versager, ich kenne einen Haufen Beispiele.

Ein Freund hat mir eine Windjacke geschenkt, also nicht geschenkt, sondern geborgt, für ein Auswärtsspiel, damit ich nicht so beschissen aussehe wie sonst. Das ist ein Riesenproblem, ich verstehe gar nichts von Kleidung, trage alte Klamotten von Verwandten auf, stopfe Socken, schmeiße Schuhe erst weg, wenn die Sohle abfällt. Und jetzt musste ich zu einem wichtigen Auswärtsspiel nach Minsk und hatte die Anweisung, mehr oder weniger auszusehen. Also bekam ich diese blaue Duffer-Windjacke mit Kapuze, eng anliegend, ohne Taschen. Auf dem Logo vier *D*s, verbunden zu einer Swastika.

Der Tag des Sieges. Klarer Himmel, die Sonne brennt, die Pflastersteine eben wie auf einem teuren Friedhof oder in einer antiken Totenstadt. Alles geputzt, gigantische Bauten aus Stein, übermächtiger Beton. Fünfzig Mann durchqueren das Zentrum, brüllen, lärmen, lachen. Nervöses Treiben, die Euphorie der Verdammten, wie wir es lieben. Die ganze Stadt hasst uns, die Mauern der kommunistischen Hauptstadt winden sich in Ringen um uns, über die breiten Prospekte schreiten glückliche Familien, Kinder zeigen verängstigt mit Fingern auf uns. Bullenwannen rasen vorbei, sie sind nicht in der Lage, sich gegen das zu behaupten, was hier in ein paar Minuten geschehen wird. Wir biegen von einem Prospekt Richtung Stadion ab, Lukaschenko ist nicht bereit für ein Treffen mit seinen wilden Gästen. Wir gehen die Straße hinunter, vorne sieht man schon die Kassen.

Um eine Ecke strömen, Welle um Welle, Massen von Hooligans, alle sind da, Moskauer, Leute aus Brest, von hier, sie alle wollen uns ein für alle Mal abservieren. Ein Haufen von zweihundert Mann rollt in endlosen Wogen auf uns zu. Von hinten hör ich, wie Kolja brüllt: »Wir sind am Arsch!« Das ist das Signal zum Angriff. Fedja stürzt sich alleine mitten in ihre Reihen, wir hinterher. So eng ist es, dass man nicht zum Schlag ausholen kann, ich verhake mich mit einem, in der nächsten Sekunde krachen wir schon zusammen in einen schwarzen Abgrund. Auf der Straße Bauarbeiten, überall aufgerissener Asphalt, neben dem Fundament eines Hauses sind tiefe Baugruben ausgehoben. Genau dort treffen die beiden Horden aufeinander, die ersten Reihen ziehen Schicht für Schicht in die Hölle. Der Kerl zappelt hektisch und zerreißt mir die neue Jacke, wir entlassen einander nicht aus der feindlichen Umarmung, wälzen uns in die Grube und können nicht ganz runterfallen, weil wir in einem Knäuel mit zehn anderen verknotet sind. Wir beißen einander, bleiben kopfüber im Graben stecken, über uns zwei weitere Schichten von Menschen, die Ruslan und unsere Jungs noch tiefer hineintreten, unter uns, am Grunde des Betonbeckens, hat Viktor, wissenschaftlicher Mitarbeiter am biologischen Institut, sich mit eisernem Griff irgendeinen Schläger gepackt und drückt ihm ein Auge aus. Minsk City, 2006.

Jetzt trage ich die Duffer-Jacke wieder, ich bin in meiner einzigen anständigen Jacke hergekommen, obwohl sie mittlerweile nicht nur Löcher aus Minsk hat, sondern auch aus Kiew und aus Rjasan ... Die Jungs ärgern mich damit.

Das Bild sehe ich schon lange, habe es vor Augen, es führt ein Parallelleben. Es ist kein Traum, beim ersten Mal war ich hellwach, als ich es mir vorstellte, es trat so schnell in mein Dasein, so leicht, als wäre es ganz selbstverständlich, als hätte ich mir mein ganzes Leben lang immer nur das vorgestellt. Jetzt ist es ständig in meinem Kopf, selbst wenn ich nicht daran denke, lebt es, dieses Bild, in einer Zeit und Ewigkeit neben mir.

Da ist also dieser Säulengang, irgendwie antik, überall Bögen und Marmorsäulen und, das ist ganz wichtig, ein Marmorboden. Es ist eine Bibliothek oder ein antiker Tempel oder ein Palast oder ein Regierungsbau, irgendein monumentales, aber längst verlassenes und verfallenes Gebäude. Als wären alle Menschen mit einem Mal verschwunden, hätten alle Eingänge vernagelt und es verdammt. Nun ist alles verwüstet, überall starrender Schmutz, an den Konturen entlang der Wände, und die Treppe hinab sieht man, wo in Rinnsalen das Regenwasser fließt, wenn es von dem baufälligen Dach durch die Wölbung der abgeblätterten Decke eindringt. Ein altes, verfallenes, monumentales Gebäude.

Unter einem der Bögen liegt auf dem Boden eine Leiche. Leichengeruch steht satt in der Luft, sehr kräftig, angestaut in dem abgeschlossenen Raum. Da alles aus Stein ist, ist der Körper nicht verfault, sondern ausgetrocknet, wie gedörrt. Es ist ein Mann, ein dürrer Mann, unbekleidet, splitternackt, er liegt auf dem Boden, auf die Seite gedreht. Um ihn herum sieht man eine gelbe Kontur – da ist mit der Zeit die Flüssigkeit getrocknet, die nach dem Tod aus der Leiche geflossen ist. Jetzt ist es kein menschlicher Körper mehr, es ist eine leere Hülle, die hiergelassen wurde, in diesem Gebäude, wie nutzloser, vergessener Müll.

Dieser Mensch bin ich. Das bin ich persönlich, und das seid ihr, und der Mensch als solches, wie ein Ur-Adam, der Mensch in Großbuchstaben. Id est Mensch. Da liegt er, wie ein ausgetrockneter Käfer, der es nicht geschafft hat, aus dem Glas zu klettern. Ich sehe dieses Bild so klar, es lebt sein ganz eigenes Leben, weil es eine höhere Wahrheit enthält. Es hat sich vor langer Zeit in mir angesiedelt, und dem ist nichts hinzuzufügen.

Ich spüre gerne Schmerz. Es ist das einzige, was mir geblieben ist, auch wenn es unangenehm ist, das zuzugeben. Von Kindheit an hat mich das Leben gelehrt: Liebe den Schmerz.

Als ich klein war, dachte ich daran, mir ein Heftchen anzuschaffen, in dem ich schlechte und gute Tage markieren wollte – die, an denen mich meine Mutter doll schlug und die, an denen es nicht so doll war. Ich erinnere mich an all die Jahre meiner Kindheit als einen einzigen Schmerz, meine Mutter hat mich ständig geschlagen. Das Gedächtnis verdrängt unangenehme, schmerzhafte Momente, an meine Kindheit erinnere ich mich nur dunkel, bruchstückhaft. Eine meiner ersten Erinnerungen: Ich bin drei oder vier, stehe im Flur und weine. Mutter schaut mir direkt in die Augen und schreit wie eine Irre: »Ich schlage dich tot.« Sie ist eine sehr arme Frau, hat Schizophrenie oder irgendsowas, sie erlebt ebenfalls ständig unmenschliches Leid und Schmerzen, das brachte sie immer wieder dazu, demjenigen Schmerz zuzufügen, der ein Teil ihrer selbst war – mir. Anfälle von Schmerz und Hass überkamen sie ständig und unvorhersehbar, ich konnte nie sagen, wann der nächste Angriff kommt. Also musste ich ständig damit rechnen, es war wie ein permanenter Schmerz, den man nicht vorhersagen oder abwenden kann.

Erst vor Kurzem habe ich eine neutrale Beziehung zu meiner Mutter entwickelt. Offen gestanden ist sie eine arme, kranke, bekloppte Schlampe. Ich sollte keine Kinder kriegen – wahrscheinlich würde ich sie genauso behandeln.

Schmerz – als solchen nehmen wir die Umwelt wahr. Ein Geräusch dringt durch eine empfindliche Membran, drückt sich als Rille in die Oberfläche einer Vinylplatte. So hinterlässt die Realität, alle ihre Objekte und die Welt als Ganzes durch den Schmerz und als Schmerz ihre Rille auf der Oberfläche unserer Persönlichkeit, formt sie, modelliert sie. Die Maschine ritzt ununterbrochen alle Geräusche der Umgebung auf die leere Schallplatte, alles, was in der Bewegung der Luft existiert, wird zum Ding. Das Leben verletzt uns jede Sekunde durch unsere Augen, Ohren, Nasenlöcher, Mund, Haut – aus uns fließt Blut, und wir werden die, die wir sind. Manchmal rutscht dem Meister die Hand aus, und er setzt einen zu tiefen Schnitt – wir können daran sterben oder durchdrehen. Mit der Zeit sind es zu viele Narben, sie überdecken einander zu oft, und wir hören auf, sie zu spüren, nehmen die Realität nicht mehr in ihren Nuancen wahr. Wir spüren nichts mehr, als würden wir über ein Feld voller Gras aus dünnen scharfen Halmen rennen und uns später wundern, warum die Beine ganz blutig sind.

Der Schmerz macht uns unempfindlich gegen Schmerz, und jetzt stehen wir allein, mitten auf dem endlosen Feld.

Ich habe einen Freund. Kolja. Ich glaube, er ist verrückt geworden. Als wir zur Schule gingen, war er schon ziemlich aktiv und hat mir damit große Angst eingejagt, seine Aktivität war furchteinflößend. Wie ein kleines schwarzes Loch verschlang er Musik, Nachrichten, Eindrücke, Gerüchte. Später begann er, radikal-politische Ansichten, Alkohol, Klamotten, Drogen und die gute alte Ultra-Gewalt zu verschlingen. Mit der Zeit wurde das schwarze Loch immer größer, alles floss nacheinander hinein, zufällige Bekannte, stumpfsinnige Weiber, wilde Nächte, hemmungslose Alk- und Drogentrips, und dann noch Ärger mit dem Gesetz. Den Leuten schien, er habe seine Seele dem Chaos verkauft, dies sei sein machtvoller Avatar, sein grimmiger und verderbter Gott geworden. Ich aber sah, dass in dem einfachen Mechanismus seiner Seele etwas zerbrochen war, was auf die eine oder andere Art bei vielen von uns zerbrochen ist. Er drehte und drehte den Regler seines Lebens, erhöhte den Druck immer weiter, bis er zerbrach, bis alles außer Kontrolle geriet. Kolja hat ihn also gedreht und gedreht, doch er ist dabei nur um die eigene Achse rotiert und hat aufgehört, irgendwas zu regulieren. Alles hatte seinen Sinn verloren und drehte sich ganz von selbst. Einmal hätte er fast ein Mädel aus dem Fenster ihrer eigenen Wohnung geschmissen, obwohl er danach mit ihr vögelte. Er stürzte sich oft auf Freunde und Bekannte, manchmal mit einem Messer, träumte davon, eine Knarre in die Finger zu kriegen – alle zitterten.

Jetzt sitzt Kolja im Knast, wie er es seit Langem erwartet hat, er hat eine neue Routine, neue Kollegen, sogar einen Gefängnisspitznamen. Der Regler dreht sich weiter.

Einmal, vor langer Zeit, kam Kolja zu mir, setzte sich hin und sagt plötzlich: »Hör mal, bin ich vielleicht verrückt? Bin ich vielleicht einfach ein Psychopath, bin verrückt geworden und brauche einen Arzt? Nee, echt mal, ich merke, irgendwas stimmt nicht mit meinem Kopf, irgendwie passt das alles nicht zusammen. Vielleicht kann der mir helfen.«

Ein Kerl schreit ins Mikro, draußen ist es kalt geworden, es ist Winter und er nur im T-Shirt, in einem feuchten, dreckigen Keller, über seinem Kopf dampft und blitzt eine einzige Glühbirne, sie heizt den ganzen Raum, wie die Sonne – die Sonne scheint doch genauso einsam im vollgemüllten Weltall. Sie scheint auf unsere ausgemergelten, ausgetrockneten, überreizten Körper, die auf dem kalten Boden zittern, und wärmt uns alle, denn wir brauchen so wenig, sind mit so wenig zufrieden. Durch die Wärme tritt kalter Fieberschweiß auf unsere Haut, klebrig und bitter.

Der Kerl schreit ins Mikro, wir zappeln im Dreck und zucken im Licht einer einzigen Glühbirne in einem feuchten, kalten Keller.

Jesus Christus Allin war der letzte Prophet des Rock'n Roll. Er wurde am 29. August 1956 in dem Städtchen Lancaster, New Hampshire, im Trailer eines religiösen Fanatikers geboren, dem im Traum der Retter erschien und befahl, dem Jungen seinen Namen zu geben. Es war ein übles Kaff, statt für die Schule zu lernen, hörte man Punk-Rock und streifte durch fremde Häuser. Einmal lernten Allin und sein Bruder ein paar Lieder und traten bei einer Schulfeier auf – sie endete als wüste Schlägerei und Orgie.

Er sang über die Jahre in verschiedenen Gruppen, *The Cedar Street Sluts, The Texas Nazis, The Murder Junkies* – und mit den Jahren verschlang ihn der Hass immer mehr, wurden die Texte immer krasser. *I Kill Everything I Fuck, Kill Thy Father, Rape Thy Mother, Kill The Police, Anal Cunt, A Fuck-Up, Eat My Diarrhea* – das sind seine unvergänglichen Hits. Als kräftiger, kahlrasierter Typ mit einem hirnrissigen Schnurrbart kam er auf die Bühne und versenkte den Zuschauerraum in psychotische Untiefen. Er schnitt sich, zerschlug Flaschen auf seinem Kopf, schiss und fraß seine Fäkalien, zerstörte die Anlage und peitschte sich mit den Kabeln. Er vergaß auch die Zuschauer nicht, schlug alle zusammen, die ihm unter die Finger kamen, bepinkelte sie, beleidigte und verkrüppelte Frauen. Massenschlägereien begannen bei seinen Auftritten mit den ersten Akkorden. Am meisten litt darunter der Meister selbst, er wurde von der Menge rabiat vermöbelt, zum Ende hin war sein ganzer Körper ein blutiges Stück Fleisch. Er wurde mit dem Notarztwagen abtransportiert oder verhaftet, je nachdem, wie rabiat er die Zuschauer zugerichtet hatte.

»Ihr seid alles Milchbubis, feige Säcke, ich hasse euch, ihr Hunde!«, rief er seinen Fans und der gesamten menschlichen Rasse zu, »ihr könnt nichts, ihr Jammerlappen! Versucht mal einen Tag zu leben, wie ich die letzten Jahre gelebt habe: die Hälfte der Zeit in Krankenhäusern, die andere Hälfte hinter Gittern. Ich brauch mich nicht zu schämen.«

Er drückte sündhaft viel Heroin, immer wieder holten ihn die Ärzte aus dem Jenseits zurück, sie hasste er wahrscheinlich am meisten. Die übrige Welt des Rock'n Roll fürchtete Allin, er wurde nie eingeladen, wenn er auf einer Party auftauchte, bedeutete das Ärger. Ein paar Mal lud man ihn ins Fernsehen ein, er kam mit einem Nazihelm, halbnackt, auch die Interviews endeten nicht so gut.

Allins Armee von Fans wuchs immer weiter. Das war der schlimmste Abschaum der Welt des Rock'n Roll. Perverse, neurotische Junkies, Deppen, Krüppel, verhaltensgestörte Jugendliche. Er führte sie geradewegs ins Paradies des Verfalls, und sie beteten ihr Idol an. »Mein Verstand ist ein Maschinengewehr, meine Hände die Patronen und ihr das Ziel!«, brüllte er sie an, bevor er den soundsovielten Idioten aus der ersten Reihe brutal zusammenschlug. Er vergewaltigte Mädchen direkt vor den Augen ihrer Freunde und nannte es das richtige Vorgehen. Zum Schluss verlor er total den Verstand – ein zugedröhntes, fettes Ungeheuer aus der Unterwelt, erfüllt von allumfassendem Hass, voller fauliger Tattoos, Blut und Scheiße.

Schließlich zeigte ihn eine Frau an, eines seiner Opfer, und Allin wanderte für zwei Jahre in den Knast. Während er saß, erreichte seine Popularität ihren Höhepunkt, es wurde sogar ein Dokumentarfilm über ihn gedreht. Zurück in der Freiheit, fing er sofort wieder an zu drücken und gab ein Konzert, bei dem er den gesamten begeisterten Saal durchfickte. Gemeinsam zerlegten sie die Anlage, Allin ging mit einem Haufen Fans nackt auf die Straße und zog durch die nächtliche Stadt, schlug auf dem Weg Passanten zusammen. Dann brachten sie ihn in ein Hotel, er setzte sich noch einen Schuss und starb. Fans ließen sich den ganzen Tag mit seiner Leiche fotografieren, sie dachten, dass er einfach weggetreten ist …

Er wurde beerdigt, wie er war – halbnackt in Boxershorts, Lederjacke und dunkler Brille, sein ganzer Körper war verstümmelt. Nach seinem Tod machten sie ihn zu einer kommerziell erfolgreichen Kultfigur, Allins Bruder gründete eine neue Band mit demselben Namen, fand einen neuen Sänger und tourt um die ganze Welt. Als sie in dem finnischen Städtchen spielten, in dem der Rote Ljoscha in der Emigration schmachtet, hat er Allins Bruder beim Tischfußball zusammengeschissen und ihn zur Strafe Wodka kaufen geschickt.

Wir sind das, was wir in uns reinschütten. Wodka, Bier, Drogen, Kaffee, Tee, Zucker – all das beeinflusst unseren Zustand, uns als Person. Wir verbringen keinen Tag ohne diese kleinen Modifikationen, Kurskorrekturen, etwas, das uns stärker, aktiver, klüger, glücklicher macht. Wir sind das, was wir trinken. Ein Sufi-Asket sagte, dass es nichts bringt, seinen Kopf mit komplizierten Formeln oder Gedanken vollzustopfen, echte Bedeutung fürs Leben hat nur das, was du isst. »Wählerisch bin ich nur beim Essen.«

Wir trinken Angst, Hunger, Freude, Hass, Krankheiten, Musik, Sex, schlechte Erziehung und miese Erbanlagen. Wir schlucken all das von Geburt an, und es macht uns zu denen, die wir sind.

Setzen wir eine weiße Labormaus in einen Käfig mit zwei Kammern. In den Boden der einen kann man Strom leiten, in den anderen nicht, zwischen ihnen ist eine Wand mit einem Loch. Die Maus wird in den Teil mit dem Strom platziert, der Knopf wird gedrückt. Ein leichter, aber schmerzhafter Schlag trifft das Tier wieder und wieder, in Panik findet die Maus die rettende Öffnung und rennt in den besseren Abschnitt. Alles ist in Ordnung.

Nun noch mal das gleiche, wieder zwei Kammern, wieder Stromschläge, aber diesmal gibt es in der Scheidewand keine Öffnung, als wäre nie eine dagewesen.

Der Strom wird eingeschaltet, die Maus rennt hastig durch den Käfig, klettert die Wände hoch, sucht den Ausgang, doch es gibt keinen. Ihre verzweifelten Versuche gehen noch einige Minuten weiter, aber schließlich fällt das Tierchen kraftlos auf den Boden des Käfigs und wird still. Die Stärke der Stromschläge ist gering, sie reicht nicht, um zu töten – doch sie sind schmerzhaft und wiederholen sich vor allem permanent. Unfähig, ihnen zu entkommen, wird sich die Maus mit ihrem winzigen Hirn der Sinnlosigkeit ihrer Anstrengungen bewusst und hört auf, Widerstand zu leisten, legt sich still auf den Boden, zuckt hin und wieder. Währenddessen vollziehen sich in ihrem Körper irreversible Veränderungen, das Nerven-, Hormon- und Immunsystem wird gehemmt, sie schwitzt, zittert am ganzen Leib und stirbt – aber nicht durch den Strom, sondern aufgrund der Erschöpfung und anderen natürlichen physiologischen Prozessen, durch deren beschleunigten und unkontrollierten Ablauf ihr Leben vernichtet wird.

Nun der letzte Versuch. Ein Käfig, eine Scheidewand ohne Türchen, ein elektrisch geladener Boden, aber jetzt sitzt hier nicht eine Maus, sondern zwei. Der Strom wird eingeschaltet. Zunächst rasen beide Tierchen, wie erwartet, in Panik durch den Käfig, klettern an den Wänden hoch, suchen einen Ausgang. Schließlich verzweifeln beide und sinken müde zu Boden. Doch dann beginnen sie immer, ohne Ausnahme, miteinander zu kämpfen, einander zu beißen, und mit jedem Stromschlag werden sie rabiater. Nach einiger Zeit sind ihre Pfötchen zerbissen, ihre weißen Körperchen übersät mit roten Bluttröpfchen. Sie sind bereit, sich gegenseitig totzubeißen oder totzukratzen.

Und nun entnehmen wir Blutproben, unterziehen beide einer gründlichen medizinischen Untersuchung. Abgesehen von den im Zweikampf erlittenen Verletzungen, kann man ihren gesundheitlichen Zustand merkwürdigerweise als zufriedenstellend bezeichnen, alle Werte liegen im Normbereich, alle Hormone sind vorhanden, alle Organe und Systeme funktionieren gut. Und ganz bestimmt haben die Tierchen nicht vor zu sterben. Diese Mäuse zeigen uns den Weg des Hasses.

Erstmal geboren und getrennt vom mütterlichen Blutkreislauf, erleben wir ständig Leid, die Hormone lassen uns nicht in Ruhe. Angst, Hunger, Kälte, Gier, Schmerz – wir spüren sie jeden Tag. Wir gehen dagegen an, schütten uns mit Gegenmitteln voll, trinken Alkohol, haben Sex, schlafen, gehen in die Sporthalle, essen, nehmen Drogen, beten in der Kirche, kriegen Kinder. Ja, und klar, wir kämpfen gegen oder für irgendwas, das ist der komplexe Ansatz.

Das Leben des Menschen ist ein Kampf der Stresshormone, Schmerzhormone und des Adrenalin mit endogenen Opiaten, Endorphinen, natürlichen analgetischen und anderen Hormonen, die unser Gehirn produziert, damit sie uns befriedigen. Drogen gegen Drogen, weiter nichts.

Wenn du in der Schule anfängst, eine Sprache zu lernen, sind deine ersten Worte: Papa, Mama, Haus und all das. Wenn du im Ausland neue Worte lernst, nachdem du abgehauen bist, ist es ganz anders. Bulle, Idiot, Schlampe, Wichser – das hörst du jeden Tag.

»Wir schreien raus, was jeder weiß: Bullen sind Mörder, Bullen sind Wichser.« Wie eine gigantische Schlange kriecht ein schwarzer Riesenhaufen von ein paar tausend Mann durch eine Touristenstadt im Süden, demoliert Banken und Geschäfte, zündet Autos an, spuckt Steine und Flaschen mit explosiven Flüssigkeiten, frisst frisst frisst. Bullen gibts hier nur wenige, ein paar Einheiten von zehn Mann, die sich gegen die Wände pressen, sich mit Schilden schützen und mit allem beworfen werden, was in tausend Hände gerät. »Du schützt dein Gesicht mit einem Helm, Schwein! Das muss dir doch peinlich sein, Wichser!«, werden sie von allen angebrüllt.

Ich warte auf meinen Moment. Um meinen Kopf habe ich ein T-Shirt gewickelt, in der Hand ein massives Stück Holz, ein fettes Stuhlbein aus einem geplünderten Restaurant. Ich warte, ich brauche einen Bullen, nur einen einzigen. Ich warte, bis die Masse sich endlich auf die armen Teufel stürzt und sie zerfetzt. Das wird ein Sieg von allem, was heilig ist, ich werde es nie vergessen.

Doch nichts passiert. Es ist wie eine riesige Schneeballschlacht: von der einen Seite Steine und Molotowcocktails, von der anderen Raketen und Granaten mit Tränengas. Sie vergiften uns damit wie Kakerlaken, drängen uns aus dem Stadtzentrum, tauchen alles in eine weiße Wolke. Die Demonstranten schütten sich Maaloxan in die Augen – Gesichter und Kleidung sind von dem weißen Pulver wie in Kreide getaucht. Beim Rückzug zerstört die Meute alles, errichtet Barrikaden aus Müll, Baumaterial, Teilen von Bushaltestellen, und alles brennt. Feuerwände sperren die Sträßchen des Urlaubsortes, der Rauch des Mülls mischt sich mit dem Tränengas und steigt hinauf in den Himmel. Weder heute noch morgen wird ein Bulle ernsthaft verletzt werden. Ich bin enttäuscht von diesem Spiel.

Wir alle hassen Bullen, jeder echte Sowjetmensch. Hass. Mir ist alles egal, persönliche Qualitäten haben keine Bedeutung, sie hatten nie eine. Du bist, was du trägst, das weiß ich genau, und es ist an der Zeit, dass alle damit klarkommen. Du trägst eine Uniform – du bist ein Bulle. Und mir ist egal, was du sonst noch für ein Freund, Kamerad und Bruder bist. »Kostenlose Benutzung öffentlicher Verkehrsmittel, bezahlter Urlaub, kostenlose Bekleidung«, steht in der Broschüre, die alle Bengel in Moskau kriegen, wenn sie achtzehn werden. Igitt, fuck, ne Kutte – und dann sah ich tatsächlich ein paar Jungs aus meiner Schule, aus den Klassen unter mir, in dieser Kutte, schon fett geworden, mit fiesen Fressen. Hass, Dreck, Ekel. Stellt euch mal vor, ihr geht auf die Website stayfriends.ru. Da findest du Fotos und Informationen über alle deine fetten, bereits verheirateten Klassenkameraden. Und siehst dann: Der hat schon Kinder, ein anderer hat sich einen Lada gekauft, und bei dem nächsten, ups, du siehst das Foto, der ist in Uniform! Ein Wunder der Natur, halb Mensch, halb Untoter, unter den Lidern hervor – ein bleiernes Nichts, wie zwei Kugeln aus einer Makarow. Wir alle verkaufen jemandem unsere Seele, aber das ist einfach zu widerlich.

Eine dunkle Zelle, stinkende Holzbänke, von denen die Farbe abblättert. Sie sind angefressen, zerschrammt voller Krakeleien, Kerben, Spuren der Fingernägel, die sich über die Jahre nervös in die Planken gekrallt haben. Zu meiner Verwunderung bin ich ruhig, das hätte ich echt nicht erwartet, dass die Ruhe und Gleichgültigkeit in mir schon dermaßen fortgeschritten sind. Jetzt wirds ernst, denke ich, mit einem Bußgeld kommst du nicht mehr davon. Neonlicht, Steinboden, Langeweile auf der anderen Seite, auf dieser hier Dunkelheit, Stille, Anspannung.

Mit mir zusammen in der Zelle sind vor allem Illegale, sie werden reingebracht, rausgebracht. Sie kauen wie immer Kautabak, schicken SMS von versteckten Handys, tuscheln leise miteinander. Neben mir sitzt ein alter, ordentlicher, verschrumpelter Mann mit gesenktem Kopf.

»Die Mutter hat ihn immer verwöhnt, die ist schuld. Jetzt haben wir so einen Hünen am Hals. Trinkt, brüllt, prügelt sich, schlägt uns dauernd. Und wir nehmen alles hin, denn er ist Mutters Ein und Alles. Jetzt kam er wieder an, besoffen, demolierte alles, wollte Geld, ich sage: ›Nein, ich hab noch keine Rente bekommen.‹ Na, er schlägt mich. Und ich, ertrage es wie üblich, erdulde alles, wie er mich verprügelt. Aber plötzlich, von einer Sekunde auf die andere, wurde mir so schrecklich, so widerlich zumute ... Zur Antwort gab ich ihm also einen leichten Stups. Er war besoffen und fiel aufs Sofa, ich schau ihm in die Augen und sehe – der schlägt mich gleich tot. Aus Angst griff ich, was mir gerade unter die Finger kam, einen Hammer, und fing an, ihn damit zu schlagen, damit er wegpennt. Ich weiß, wenn er aufsteht, hat mein Stündlein geschlagen ...

Na ja, er lebt noch, ist im Krankenhaus, schon wieder bei Bewusstsein. Die Alte hat die Polizei gerufen, sie sagte später, dass es keine Prügelei gegeben hat, weder sie noch ich hätten was abbekommen, als hätte ich ihn vorsätzlich töten wollen. Dabei ist ihr ganzes Gesicht zerschlagen. Sie hasst mich, weil ich ihren Sohn angerührt habe, sie sagt, sie will, dass ich im Gefängnis verrotte. Und der Sohn drängelt, er sagt, nun gibts für euch nur eine einzige Lösung, die Wohnung auf mich zu übertragen. Alle hassen mich jetzt. Ist mir aber egal, was solls.«

Man bringt mich wieder raus, zur dritten Vernehmung. Im Gang wartet eine alte Nutte, dass sie an die Reihe kommt, im Negligé, ein Kerl hat sie betrogen und bei zwanzig Grad minus hinausgeworfen. Ich gebe ihr meine Jacke, ohne groß nachzudenken.

»Ich verstehe einfach nicht, was ihr alle habt.« Ein Absolvent der juristischen Fakultät, der mich auf dem Revier vernimmt, lässt ein teures Mobiltelefon zwischen seinen Fingern kreisen. »All die Skins, Punks und so weiter ... Habt ihr nichts zu tun?«

»Kann sein«, gähne ich müde. »Jeder verbringt seine freie Zeit, wie er Bock hat. Der eine hängt in Hauseingängen rum, der andere in Spielhallen. Und wieder ein anderer zieht sich gut an, geht zu einem Konzert oder fährt zu einem Auswärtsspiel in eine andere Stadt, amüsiert sich mit fröhlichen Mädchen, interessiert sich für irgendwas, spielt Gitarre in einer Band. Das machen die Klugen, es ist billig und schön. Wir versuchen doch nur, mit unseren begrenzten Mitteln zu leben wie die Könige, wie man so sagt. Doch in dieser Stadt, in Moskau, ist alles immer voller Scheißer, ständig muss man seinen Platz an der Sonne von Dreck säubern. Massen von Idioten stören die Moskauer dabei, schön zu leben und ihren Feierabend zu genießen.«

»Das nennst du ›schön leben‹? Schau mal, ich bin zwanzig und arbeite bei der Miliz. Du dagegen bist vierundzwanzig und arbeitslos, obwohl du einen Uni-Abschluss hast. Diese Schuhe hab ich am Ochotny Rjad gekauft, die sind teurer als deine gesamte Kleidung. Das heißt doch, dass ich besser lebe als du und dass ich klüger bin, oder?«

»Klar. Du arbeitest ja auch bei der Polizei.«

»Schlagt sie alle tot!«, schreit Kolja im Alkoholwahn, und ein paar Muskelpakete fangen an, systematisch alle rauszutragen, die sich auf der Tanzfläche befinden. Eine Stunde vorher haben wir schon alle Wichser eingepudert, die vor dem Klub auf unsere Ankunft warteten, dann alle ihre Freunde, die Gäste aus Moskau, alle Penner, die uns unter die Augen kamen. Totale Säuberung, viele Opfer. Und nun giert die ganze Stadt nach unserem Blut, alle warten auf das Ende des Konzerts. Mir haben sie den Kopf eingeschlagen, Haare und Jacke sind voll Blut, ich bin fasziniert. Es ist mal wieder großartig. »Ich liebe diese Auftritte in Rjasan!«, sagt Fedja.

Die Show neigt sich dem Ende, der Klub macht dicht, hunderte hiesige Jugendliche versuchen, sich so schnell wie möglich nach Hause zu verziehen, an den

Türen Gedränge. Wir sammeln hinter ihnen die leeren Flaschen ein, greifen uns ganze Hakenreihen, treten als Gruppe auf den Platz vor den Klub. Nacht, Winteranfang.

Aus dem Park gegenüber treten hintereinander im Rechteck angeordnete Kolonnen von Menschen hervor und bewegen sich organisiert auf uns zu. Es sind rund fünfzig. Wir sind dreiundzwanzig. Wir stehen leicht erhöht auf den Stufen zum Kino. Zwei Bullenwannen, die zwischen denen und uns parken, fahren respektvoll zur Seite, damit das Drama seinen Lauf nehmen kann.

Die Menge kommt bis zur Treppe und hält fünf Meter vor uns an. »Kommt doch, ihr Wichser!«, brüllen wir sie an. »Sieg Chail!«, brüllen sie zurück. Roma greift sich eine Müllurne voller Abfall und schleudert sie von oben mitten in die erste Reihe, wir rennen hinterher. Ich brülle »Halleluja!« und bekomme mehrfach eine Flasche übergezogen. Fedja wird wieder ins Höllenfeuer gezerrt, wir holen ihn raus. In der Ferne schalten die Bullen ihre Sirenen ein, der Gegner tritt langsam den Rückzug an. Wir hinterher, beschmeißen sie mit Müll und Steinen, sie verschwinden in die Höfe.

Wir gehen zurück zu unseren Verletzten, einem haben sie mit dem Messer böse den Schädel aufgeschlitzt, dazu hat er eine Gehirnerschütterung, er liegt in einer Blutlache, Schaum vorm Mund. Die Bullen stehen gelangweilt neben ihm. Ich schreie sie an, dass sie den Notarzt rufen sollen, stattdessen rufen sie vier weitere Bullenwannen und einen OMON-Bus. Wir brüllen los, sie wehren sich mit Gummiknüppeln, versuchen, die Anstifter festzunehmen, dafür kriegt der Sergeant von uns Tritte in die Fresse. Wir umzingeln die Autos, die Situation gerät außer Kontrolle, ein hysterischer Scheißer schießt Salven mit einer Kalaschnikow und jault: »Ich knall euch alle ab, Pack, auf die Knie!« Es beginnt ein Gemenge mit den Bullen, das von den eintreffenden OMON-Beamten beendet wird, wir werden auf den Asphalt gelegt, Hände über den Kopf, einige werden verhaftet. Mit dem Rest können sie nichts anfangen, nach einer halben Stunde bekommen wir den Befehl, uns aus der Stadt Richtung Wald zu verziehen. Schließlich kommt der Krankenwagen, wir legen unseren Kumpel rein, ich verabrede mit einem Bullen, dass er den OMON-Bus mit den Verhafteten erstmal offen stehen lässt, sodass wir uns alle langsam aus dem Zentrum verziehen können.

Danach sind wir die ganze Nacht durch den Wald gelaufen, die Gleise entlang bis zu einer Bahnstation jenseits der Stadtgrenze. Roma hatten sie mit einem Spitzbohrer die Hand durchstochen, mir wieder den Kopf eingehauen, alle sind gefickt, blutig und dreckig. Wir kommen zur Bahnstation, ein Bahnsteig aus Beton, rundum Wald, wir machen ein Feuer aus Stücken von Gleisschwellen, legen uns ringsum auf Pappen und

Müll. Die Jungs trinken Wodka aus der Flasche, überall beißender Rauch. Um 3.40 kommt eine Elektritschka, wir hieven uns Seite an Seite auf die leeren Bänke. Bevor ich einschlafe, kreuzt mein Blick den von einem Typen, der auf der Nachbarbank sitzt und total platt ist, wie wir da einfallen. Er ist modisch gekleidet, hat einen ordentlichen Kurzhaarschnitt, trägt an der Jacke einen Button mit einem griechischen Helm. Er schaut uns an, erkennt unsere Gesichter aus dem Internet und denkt: »Ach, das sind die! Was ein Scheiß! Ich hab derart viel über sie gelesen, derart viel gehört und hab sie mir ganz anders vorgestellt. Was ist denn das? Ein Haufen Penner, irgendwelche Affen. Die gehören doch in den Zoo!«

Wir sind alle für den Krieg geboren, dafür, in Reih und Glied ins Blutbad zu ziehen. Direkt ins Maschinengewehrnest, direkt ins Minenfeld. In der menschlichen Gemeinschaft gab es immer einen natürlichen Ausleseprozess für den nutzlosen Teil der männlichen Spezies. Sie sind von Geburt an unfähig zum produktiven gesellschaftlichen Leben, sie gäben schlechte Ehemänner, Väter, Arbeiter, Chefs. Das ist genetisch bedingt, diese Menschen haben von Beginn an eine destruktive Veranlagung. Doch dank vernünftiger Regulationsmechanismen der Gesellschaft werden diese Menschen schon früh ermittelt, und bereits in den Jugendjahren wird ihre einzige wertvolle Fähigkeit gefördert – das Zufügen und Ertragen von Schmerz. Wenn man sie dann für bereit hält, werden sie dorthin geschickt, wohin ihr Weg sie führt: in das gesellschaftlich nützliche Blutbad. Gewöhnlich ist das der Krieg.

Im Laufe der Menschheitsgeschichte hat sich die Gesellschaft von Zeit zu Zeit einem Aderlass unterzogen, um aus ihrem Organismus das überschüssige männliche Blut zu entfernen. Das ist ein sehr weiser Mechanismus – alle sind damit zufrieden. Die einen sterben mit einem Lächeln auf den Lippen und dem Gefühl, ihre Mission im Leben erfüllt zu haben, die anderen bleiben am Leben und führen das menschliche Leben unter neuen Bedingungen fort. Geschieht das nicht, verweigert sich die Gesellschaft aus welchen Gründen auch immer dem Krieg, dann füllen sich bislang friedliche und glückliche Länder mit Horden von Verbrechern, Blutsaugern, Psychopathen, Abenteurern, Heiligen – dann beginnt das nicht abgelassene männliche Blut zu gären und alles zu vergiften. Wieder beginnen die Gesellschaftsmechanismen zu arbeiten, und sie finden eine Kompromisslösung: Jetzt verlagert sich der Krieg ins Innere des Landes, ein Teil der nutzlosen Männer erhält die Bezeichnung *Polizei*, der Rest *Kriminelle*. Das hilft ein bisschen bei der Lösung des Problems, wieder fängt das Blut an, in dünnem Rinnsal zu fließen. Doch in Wirklichkeit ist weder die eine noch die andere Seite glücklich – das, was sie wirklich wollen, ist ein echter Krieg, in dem mehr als dreißig Prozent der Teilnehmer sterben, vielleicht auch volle hundert Prozent.

Ich stelle mir oft vor, wie ich dort, wo ich gerade bin, während der Kampfhandlungen zu Tode komme. Ein Feuergefecht in der Stadt, wir werden von Fernartillerie beschossen, überqueren zerschossene Straßen und verstecken uns in brennenden Ruinen. Um mich herum sehe ich genauso stumpfe, eindeutig dem Untergang geweihte Gesichter wie mein eigenes, beim Vormarsch töten uns verirrte Kugeln und Granatsplitter. Unser Trupp rückt vor, direkt vor uns erhebt sich die Wehranlage des Feindes. Ein langer, nicht endender Feuerstoß legt uns flach, ich werde von mehreren Kugeln getroffen, einen Lungenflügel hat es erwischt und noch irgendwas in mir drin. Ich falle, Blut fließt aus mir heraus, nach einigen Zehntelsekunden verliere ich das Bewusstsein und sterbe.

Wir alle gehören zu der ekelhaften postsowjetischen Generation. Wir haben nichts, keine Ziele und Prinzipien, doch als Erbe von hundert Jahren Kommunismus blieb uns die Sehnsucht. Der Sowjetmensch sollte nichts wollen, persönliches Glück, Freude im Alltag, Freizeitvergnügen, all das, alle Lebensziele des westlichen Siegertyps, rief Spott und Naserümpfen hervor. Der sowjetische Gigant lebte, um sein ehrliches einfaches Leben zu opfern – auf der Baustelle, im Gulag, an der Schießscharte, im Bergwerk, in der kinderreichen Familie, im widerwärtigen Fünfgeschosser. Das Leben – eine Heldentat, ein Opfer. Wir brauchen keinen Jesus, weil hier alle Jesus sind.

Zeit ist vergangen, und geblieben ist uns nur ein Abgrund von Verachtung und Zynismus, pragmatischer Nihilismus, müde Raffgier. Doch die Sehnsucht nach Heldentum sitzt irgendwo tief in uns, in mir und den anderen, die ihre Wohnung noch nicht nach europäischem Standard renoviert haben. Wir sollten im Namen von irgendwas leiden und sterben, aber nun, wo all das egal ist und dumm, ziehen uns nur das Leid und der Tod an. Wenn man nicht mehr weiß, wofür man leidet, kann man wenigstens auf Verdacht hin leiden. Das ist kein orthodoxes Christentum, nicht Dostojewski, das sind die Erzählungen von Schukschin und die Lieder von Wyssozki.

Die Sehnsucht sitzt uns im Blut, wir kauen Schmerz, er zieht uns ins Grab.

»Hör zu. Wir gehen jetzt, ich muss los. Ich glaube Folgendes, hörst du? Ich glaube, du wirst folgendermaßen leben: Allerhand wirst du erleben, aber nicht lange, ungefähr bis siebenundzwanzig. Ich glaub echt nicht, dass du länger lebst. Du wirst dich quälen und quälen, aber nur bis siebenundzwanzig, nicht länger.«

Sie schaut betrübt in mein schlaffes, aufgedunsenes Gesicht. Überall heulen Verstärker, rennen Leute rum. Ich liege halbnackt und total breit neben einem Lagerfeuer, in Dreck, Asche, Gras, Wodka. In diesem verwilderten Garten beugen sich alte Apfelbäume voller Gram über mich, sie umfassen mich mit ihren dicken Ästen und verhüllen mich vor meiner eigenen Scham und Schwäche.

Man sagt uns überall: Sei du selbst, nur zu, sei du selbst. Doch was ist, wenn das für viele Leute bedeutet, ein Arsch oder Psychopath zu sein? Was, wenn es deine Natur ist, krank zu sein, unglücklich, blöd und feige? Bist du dann auch noch bereit, *du selbst* zu sein?

In einem solchen Fall muss man dieser Wahl mit großem Respekt begegnen.

»Dafür wirst du noch büßen«, schreit mich der rotwangige Bengel mit dem Messer in der Hand an.

»Wohl kaum«, antworte ich und steige aus dem Bus. Er hat mir die Handwurzel durchlöchert, Blut strömt, ich winke ein Taxi ran und fahre zu Sascha.

Er hat kein Bett in seinem Zimmer, schläft auf einer Matratze, die er tagsüber zusammenrollt, alles ist vollgestellt mit Drehbank, Fräse, Elektrohobel, überall stapeln sich Bretter, unfertige Werkstücke, Medikamente, über allem hängt ein großer Boxsack. Sascha bereitet sich auf den Krieg vor, er trainiert täglich, arbeitet jeden dritten Tag auf dem Rettungswagen, geht am Wochenende in die Kirche, baut Möbel und liest auf seinem Handy extremistische Literatur. Er ist bereit für die Invasion, den totalen Kollaps der Dritten Welt, einen neuen Krieg des Nordens gegen den Süden, fürs Armageddon. Er kann sogar im Sumpf eine Blockhütte aus Baumstämmen bauen. Jetzt näht mir Sascha im Badezimmer über einer Zeitung die Hand.

»Halt dich heute zurück, die Wunde fängt sonst wieder an zu bluten. Letztes Mal hattest du meinen Gips nach zwei Tagen im Arsch.«

»Mach mal fester, ist schon okay. Ich muss mir heute Abend noch ein paar Wichser vornehmen.«

»Ihr seid alles Stümper, das ist keine sehr ehrenvolle Gattung. Andere klauen und töten, um etwas zu essen zu haben, doch ihr lasst euch für nichts und wieder nichts klarmachen. Das geht nicht. So werden uns die aus dem Süden vernichten.«

»Es braucht nicht mal welche aus dem Süden, die Mehrheit in dieser Stadt sind hoffnungslose Nörgler und neidische Wichser, die dir im Schlaf die Kehle durchschneiden. Wir dagegen habens voll drauf. Wir leben, verstehst du, und wir leben gut. In drei Jahren haben wir viel geschafft – wir waren zehn, jetzt sind wir an die hundert, und wir werden noch mehr. Junge Leute, die im Leben keine Chance hatten, haben etwas erreicht, fühlen sich wie gute, wertvolle, starke Menschen. Nicht wie Feiglinge, nicht wie Verräter, nicht wie die, die nach einer kuscheligen Ecke suchen, nicht wie all diese Stadtidioten, die keinen Schimmer haben, was bei ihnen im Hof los ist. Klar hat es sich gelohnt. Tja, und wir hatten Spaß, klar, immer feste.«

»Worum geht es in dem Lied?«, fragt Sascha den Tadshiken, der im 24-Stunden Schawarma-Laden Kohl schneidet.

»Um Mama.«

»Im vorigen ging es doch auch um Mama, hast du gesagt.«

»Und in dem hier geht es ebenfalls um Mama.«

»Siehst du«, Sascha dreht sich zu mir um, »die werden gewinnen.« Wir stehen in plumpen Wattejacken und Stiefeln gegen die Wand gelehnt an roten Metalltischen, wir sind völlig durch. Von sechs Uhr abends bis neun Uhr morgens sehen wir immer wieder dasselbe: leere Fußgängerunterführungen, Dreck, Fäkalien, halbverfaulte Menschen, unzurechnungsfähige Idioten, erfrorene Leichen, Hunde, Bullen, Schnee. Das hat uns alles so dermaßen abgestumpft, ist so in uns eingedrungen, dass wir fast vergessen haben, wer wir eigentlich sind und was wir hier tun. Nur Dreck und Kälte. Ira ist noch mit von der Partie, eine Krankenschwester und Rockerbraut mit freundlichen, müden Augen, und Serjosha, ein Schwergewichtsboxer. Er hat dauernd

Hunger, ist arbeitslos und wütend. Vor drei Jahren hat er seine Wohnung verkauft und ist in ein Kloster in die Wälder gezogen. Dort fällte er jahrhundertealte Bäume und ließ sich zwei Jahre lang einen schwarzen Bart wachsen. Dann merkte er, dass alles, was er wirklich will, ein normales Leben ist, mit einer Frau in einer Wohnung, im Fernsehen Boxkämpfe gucken und so weiter. Er verließ die Wälder, kam zurück nach Moskau und war ohne Wohnung, Arbeit und Geld. Er nennt es Versuchung.

Tja, im Rettungswagen gibt es viele Versuchungen, hier habe ich aufgehört, Menschenleben wertzuschätzen, habe die letzten Reste von Mitgefühl verloren. Wir haben dauernd Obdachlose vermöbelt, die sich im Wahn auf uns stürzten, sie spürten keinen Schmerz mehr, man konnte sie ohne Ende schlagen. Was sollen sie schon spüren, wenn die Hälfte ihrer Körper mit Gangränen und nekrotischen Geschwüren übersät ist. Du hungerst, vom Hunger kriegst du Nekrosen, du wärmst dich an Fernwärmeleitungen, kriegst Verbrennungen am Rücken, im Winter schläfst du draußen, morgens sind ein paar Finger erfroren. All das fault und führt unvermeidlich zu Gangränen. Dann fangen Leute wie wir an zu amputieren, wie eine Wurst, immer weiter und weiter, bis von deinen Beinen nichts mehr übrig ist. Um den Schmerz nicht zu spüren, trinkst du den Badreiniger *Russischer Norden*, dadurch stirbt ein Teil der Zellen deiner Großhirnrinde, und du wirst verrückt. Nebenwirkungen. Du scheißt dir in die Hose und denkst, dass alles in Ordnung ist.

Die Leute starben oft vor unseren Augen. Sie lagen in leeren, kalten Unterführungen, und wir standen neben ihnen. Manchmal betete Irka, sprach den 22. Psalm. Einmal kamen wir zu einer Leiche, die Hunde hatten schon das Gesicht abgefressen. Ein andermal fanden wir einen Kerl in einem Dachverschlag, er lag dort schon seit dem Herbst auf dem Boden. Er war gelähmt, hatte die letzten drei Monate unter sich gemacht. Als der Frost kam, fror das alles mit seinem Körper zu einem Klumpen zusammen. So lag er lebendig bis März. Um ihn herum wirtschaftete und stöhnte eine Verrückte, sie fütterte ihn die ganze Zeit mit einem Löffel, streichelte ihn, küsste die blauen Tätowierungen, mit denen sein ganzer Körper bedeckt war. Sie war völlig weggetreten, sprach schon fast keine menschliche Sprache mehr. Ein Typ aus dem Nachbarhaus rief den Rettungswagen, sein Hund hatte den Geruch verwesenden Fleischs gerochen.

Wir bekamen den Kerl einfach nicht vom Boden los. Er war auf ewig festgeforen. Dann fiel uns was ein – wir kochten im Kessel Wasser und übergossen ihn mit dem siedend heißen Zeug. Der Verschlag füllte sich mit Dampf und einem Gestank, den man nie vergisst. Der Kerl begann ein bisschen zu stöhnen. »Wolodja, Wolodenka, tut dir das nicht weh?«, lallte seine besorgte Freundin. Es tat ihm nicht weh, er bekam nichts mehr mit, der Körper war zur Hälfte abgestorben. Oder vielleicht doch, ich weiß es nicht. Ich begoss ihn mit kochendem Wasser, da klingelt mein Telefon, ich drücke mit der anderen Hand den grünen Knopf – geil, wieder ein Gemetzel im Zentrum, Verletzte, Verhaftete. Nein, ich kann jetzt nicht aufs Revier kommen, ich bin bei der Arbeit. Lass uns morgen reden, tschüß.

Wolodja wurde ins Leninzimmer eines Moskauer Krankenhauses gebracht. Das ist ein Raum ohne Möbel direkt neben der Aufnahmestation jedes städtischen Krankenhauses. Da werden alle Obdachlosen reingeschleppt, und dann wird abgeschlossen. Dort ist er wahrscheinlich gestorben.

Unser Chef, der orthodoxe Enthusiast Iljuscha, achtete streng auf die moralische Verfassung seiner Mitarbeiter, entließ Männer wegen Alkohol, Flucherei, aggressivem Verhalten. Seine Stellvertreterin Margarita Michajlowna, eine große dünne Frau mit blassen, schmalen Lippen, deckte unseren Unfug und gab uns extra Fresspakete, machte uns Tee. Ein Jahr später erfuhr ich, dass man sie beerdigt hatte, sie hatte schon lange Krebs. Der Patriarch von ganz Russland verlieh Iljuscha für Akte der Barmherzigkeit den Orden des Heiligen Andreas des Erstberufenen.

»Weißt du, Sasch, ich bin irgendwie sehr erschöpft. Alles scheint so sinnlos, wir machen eine Arbeit, die keiner braucht, keiner braucht uns, man hält uns alle für Nichtstuer und Schmarotzer. Die letzten Monate haben mich wirklich sehr erschöpft. Sobald es wärmer wird, will ich einfach mal Pause machen.«

»Weißt du, ich rate dir davon ab. Ich hatte viele Freunde mit einem schweren Schicksal, die sich ebenfalls entschieden hatten, mal Pause zu machen. Gewöhnlich dauert die Pause nicht lange, schon bald endet sie im Gefängnis, im Entzug, im Grab. Mach lieber keine Pause. Weißt du, Leute wie wir dürfen nicht anfangen, Pause zu machen.«

Anja erzählte eine Geschichte aus ihrer Kindheit, sie erinnerte sich sehr gut daran, Bild für Bild. Einmal saßen sie zu Hause, als vorm Fenster etwas von oben runterfiel. Sie rannten raus auf den Balkon, um nachzuschauen, und sahen auf dem Asphalt den Körper des kleinen Jungen aus dem achten Stock, über und über voll Blut. Er lebte noch, starb aber bald. Wahrscheinlich hatte er auf dem Balkon gespielt, war abgerutscht und irgendwie runtergefallen.

Der Rettungswagen kommt, fährt in den Hof, aber von der anderen Seite, nicht dort, wo der Körper liegt. Sie schauen – auf dem Gemeinschaftsbalkon im achten Stock steht ein Weib im Hauskittel und raucht.

»Hey, hallo! Wir haben uns hier irgendwie verfahren, welche Straße ist das?«

»Dieunddie. Wo findet man eigentlich Sanitäter wie euch, die sich im eigenen Bezirk verirren!«

»Wir suchen hier ein Haus und können es einfach nicht finden, die Blöcke sind krumm und schief.«

»In deiner Hose ist was krumm und schief, unsere Häuser stehen hier seit zwanzig Jahren, und bisher hat sich niemand beschwert.«

»Nun gut, wir suchen Haus Nummer soundso, Block soundso.«

»Na, das ist hier, du Blödi, was wollt ihr denn?«

»Da kam ein Signal rein, die Nachbarn haben angerufen ... Sie sind doch da im achten Stock?«

»Jaja, was ist denn passiert?«

»Ja, das frage ich Sie. Sie stehen da rum, und Ihre Nachbarn haben uns die Hölle heiß gemacht.«

»Und was ist los?«

»Aus Ihrem Stock ist vom mittleren Balkon gerade ein Baby gefallen.«

Es stellte sich heraus, dass das die Mutter war, die nicht vor dem Baby rauchen wollte.

Der Mensch ist ein Ameisenhaufen. Eine pfiffige Anhäufung verschiedener Zellen, eine Kolonie, wie ein Korallenriff zum Beispiel. Sie leben in Symbiose und erfüllen zum gemeinsamen Wohl, Aufblühen und Vergrößern der Kolonie unterschiedliche Funktionen. Der Ameisenhaufen wächst, breitet sich aus, teilt sich, stirbt.

Gibt man ihm einen Tritt oder durchwühlt man ihn, tut es dem Ameisenhaufen weh. Zertritt man die Ameisen oder zündet man ihn an, weint der Ameisenhaufen.

Blind Willie Johnson ist einer der großen Bluesmänner vom Anfang des 20. Jahrhunderts. Seine Stimme, krächzend und auf eine stille Art fanatisch, erfüllt mein Leben mit Sinn.

Johnson wurde, wie alle Blueslegenden, in eine bettelarme schwarze Familie geboren. Mit elf Jahren spritzte ihm seine Stiefmutter in einem Anfall von wahnhafter Grausamkeit kochendes Wasser in die Augen, und Willie erblindete. Alle seine Verwandten ackerten Tag und Nacht in den Kohleminen, nur er war zu nichts mehr nutze, und so warf man ihn zum Betteln raus auf die Straße. Viele Tage und Jahre saß er in seiner Stadt auf einem Müllhaufen an einer Straßenkreuzung und klimperte tastend auf den Saiten einer kaputten Gitarre. Er spielte Slide-Gitarre, drückte die Saiten mit einem Taschenmesser, und sie gaben zerbrechliche, schmerzlich langgezogene Töne von sich. Er sang eigene Lieder, die alle von Gott handelten, ganz simpel, wie Kinderreime, in denen ein und dieselbe Phrase ständig wiederholt wird. Diese Phrasen dringen ins Herz, einmal gehört, dann sind sie in dir, und du singst sie unaufhörlich vor dich hin. Sie enthalten sämtliche Leiden, Einfachheit, Armut, Größe, Pathos, die dem Christentum zugrundeliegen, der Idee von Gott überhaupt, es sind einfache Worte über unser ganzes Leben.

Als Willie um die dreißig war, entdeckte ihn zufällig ein großes Tier aus der Musikbranche. Er zog ihn aus dem Müll, brachte ihn dazu, eine Platte aufzunehmen und sich im Anzug fotografieren zu lassen. Dieses Foto ist das einzige erhaltene Bild des blinden Willie. Die Platte war ein Erfolg, einige Zeit später machte der Produzent Willie ein riesiges Geschenk – er kaufte ihm ein Haus. Zum ersten Mal im Leben hatte Willie einen eigenen Wohnsitz, ich kann mir vorstellen, wie glücklich er war.

Dann gab es ein heftiges Gewitter, und ein Blitz schlug direkt in sein Häuschen ein, es ging in Flammen auf. Der blinde Willie konnte nichts tun, er hastete umher, schaffte es auf die Straße, rief um Hilfe. Doch rundherum lebten nur Weiße, für die ihr neuer Nachbar kein Mensch war, und so kam niemand, um ihm zu helfen. Das Haus brannte nieder, und Willie blieb im strömenden Regen auf den Ascheresten liegen, bekam eine Rippenfellentzündung und starb einige Tage später.

Ich höre seine Lieder oft auf meinem Player. Kürzlich merkte ich plötzlich bei einem Date, dass ich ständig eine Melodie vor mich hinsumme. Erstaunlicherweise war es *Can't nobody hide from God* vom blinden Willie.

Eine junge alleinerziehende Mutter, eine müde Frau aus einer elenden Kleinstadt, sagte mir mal: »Alle russischen Männer sind Scheiße. Sie können nichts, wenn sie nicht saufen, und wenn sie saufen, können sie nichts.« Sie drehte unaufhörlich das Rad der Nähmaschine und sah mir traurig in die Augen.

Der Sowjetmensch ist mein Freund. Ich erkenne ihn an den Augen. Er lügt nicht, spielt nur hilflos mit den Muskeln auf den Wangenknochen. In engen Wohnungen altert er schweigend und lässt sich einen Bart wachsen, unter der Woche trinkt er starken Tee, am Wochenende Wodka. Wenn ich jemanden besuche, schaue ich als erstes die Tapeten an – wenn sie alt sind, mit Blümchenmuster, mit Wasserflecken und Blasen, oder Fototapeten, idiotische Kalender, dann bin ich in einem Haus, in dem man mich versteht. Hier wird ehrlich gelebt, niemandem geglaubt, auf viele herabgeblickt, endlos Tee getrunken und darauf gewartet, dass endlich alles vorbei ist. Herzlich willkommen in der Welt der Verlorenen, Hässlichen, Verschlossenen, Kurzsichtigen. Hier ist mein Zuhause, ich brauche kein anderes.

***

Fedja erzählte mir von einem seiner ersten Auswärtsspiele mit Spartak. Er war sechzehn und fuhr mit Kumpeln aus dem Bezirk im Vorortzug nach Jaroslawl. Damals sahen Fans noch nicht aus wie Schwuchteln, sondern wie es sich gehört: Bomberjacken, schwere Springerstiefel, Schals. Wenn ich nicht irre, rasierte sich Fedja damals noch keine Glatze, er hatte auch noch einen pubertären Oberlippenbart, ich habe Fotos gesehen. Alle kippten sich zu, und am Ende gingen in der Stadt Alexandrow Hunderte rasende Minderjährige auf die Straße, begannen alles zu demolieren, was ihnen in den Weg kam. Sofort kamen Busse der OMON und die Armee, alle wurden von den Wichsern niedergeknüppelt, einem Teil der Leute Handschellen angelegt, ungefähr zweihundert Mann wurden auf den Asphalt gelegt, Hände überm Kopf. Der Rest kämpfte sich zur Bahnstation vor, aber die Elektritschkas hatten ihren Betrieb eingestellt, und so wurde entschieden, das Bahnhofsgebäude zu stürmen. Im Erdgeschoss wurde alles niedergefickt, zerlegt, man verbarrikadierte sich im Wartesaal im ersten Stock. Dort standen Metallbänke und -tische, die gleich zum Einsatz kamen, sie flogen aus den eingeschlagenen Fenstern den anrückenden Saubullen auf die Schädel. Als es keine Bänke mehr gab, schauten sich die Jungs um und sahen, dass es im Wartesaal neben allem anderen auch eine Gaststätte gab. Die Masse Halbwüchsiger stürmte die Bar, zerschlug die Vitrinen, griff sich, was ihr unter die Finger kam und trank direkt aus den Flaschen. Chaos. Fedja springt über den Tresen und schreit die zu Tode erschrockene Bedienung an: »Hände hoch, das ist ein Überfall!«

Fuck, das ist der hirnrissigste Quatsch, den ein beschissener Jugendlicher einer Bedienung entgegenschleudern kann, wenn er im ersten Stock eines Provinzbahnhofs verschanzt ist. Eine Sekunde später durchbrechen die Bullen, geschützt durch die aufgelesenen Bänke und Tische, die Absperrungen aus Müll, stürmen den Saal und schicken alle zur Hölle.

So etwas Hirnrissiges hört man selten. Na ja, vielleicht ist auch das hier ganz cool: Ein Bekannter erzählte, wie er ungefähr gleichzeitig mit der Randale in Alexandrow und mit etwa denselben Leuten einen Ausflug nach Prag gemacht hatte. In Prag kippten sie sich wieder zu und veranstalteten in etwa das gleiche, tja, und die Reaktion der tschechischen Spezialeinheiten war ebenfalls ganz normal. Er wusste noch, wie er in einen überfüllten, vergitterten Polizeilaster verladen wurde, auf dem Boden neben ihm lag ein betrunkener Skin in Handschellen, der aus voller Kehle brüllt: »Ich bin ein Russischer Soldat!« Das ist doch ein echter Sieg, unsere Panzer sind wieder in Prag!

Vorgestern hier, während einer mal wieder fälligen Demonstration und Massenausschreitung, fiel mir diese

Geschichte plötzlich ein, und dann brach das furchteinflößende Kriegsschrei eines Russischen Soldaten über den Köpfen dieser ausländischen Bullen herein, zusammen mit einem Hagel von Ziegeln und Scherben.

Ich habe in mir eine Sprungfeder. Sie wird jeden Tag zusammengedrückt, jetzt ist sie voll gespannt, am Anschlag, bereit zum Handeln. Nun, wo sie sich langsam entlädt, nährt mich ihre Energie von innen. Sie macht mich stark, geschickt, pfiffig, verleiht mir Entscheidungskraft, alles ist am rechten Platz. Ich liebe diesen Zustand, liebe es, wenn sie zusammengedrückt ist, ich weiß, dass sie mich jetzt nicht im Stich lassen wird, dass ich nichts im Stich lassen werde, so sein werde wie nötig. Jede Bewegung, jedes Wort, jede Tat wird einfach und genau sein. Wenn sie jetzt losschnellt, sich entlädt, werde ich zu allem bereit sein.

Auf dem Berg Athos befindet sich ein irre strenges Kloster, es heißt Esfigmenou – das bedeutet *zusammengedrückt, komprimiert*. Das Wort Yoga bedeutet ebenfalls *gespannt, zusammengedrückt*. Viele übersetzen das mit *gesammelt, streng*. Aber wir alle – auch ihr – wissen doch, dass von der Sprungfeder die Rede ist.

Nishny Nowgorod. Ich schaue aus dem Fenster der Elektritschka auf den Bahnsteig, wo sich eine total jenseitige Armee aufgebaut hat, alte Scheiße! OMON, Soldaten,

Schäferhunde, verfickt nochmal, der ganze Bahnsteig ist abgesperrt. Der Zug hält, alle werden empfangen, die übrigen Passagiere werden durchgelassen, nach doppelter Kontrolle der Papiere an zwei Absperrketten. Ich laufe an einer Reihe Soldaten vorbei, bleibe unbemerkt, verlasse das Bahnhofsgelände. Wir sind mit einer Armee zum Kampf angerückt, jetzt bin ich allein.

Dieses Mal wollten wir mit mehr als hundert Leuten anrücken, aus Moskau kamen Autos, bis oben beladen mit Eisenstangen und ähnlichem Zeug. Die Gegner hatten ordentlich mitgehalten, einen Monat lang die ganze Umgebung rekrutiert, aber wir wollten ihnen die verfickte Hölle heiß machen. Jetzt verstecken sie sich wahrscheinlich, über die ganze Stadt verteilt, vor den Bullen, für die Stadt gilt ein Notplan. Pech.

Als ich das erste Mal hier war: Frühstück auf der Müllhalde, Übernachtung im Kloster, kahlrasierte Pilger, auf dem größten Platz stand in riesigen Lettern: »Herr, rette Russland vor dem Juden!« Beim zweiten Mal versuchten Dörfler aus der Gegend unserem Gitarristen das Handy abzuziehen. Im nächsten Moment schaut der Kolchosarbeiter voller Entsetzen auf seine Hand, die zur Hälfte hilflos baumelt, abgeschnitten mit einem Taschenmesser. Er und die anderen werden lange im Vorraum gefickt und an einem Zwischenhalt rausgeschmissen.

Beim dritten Mal auf dem Weg nach Nishny Übernachtung in Petuschki, Erstürmung des Bahnhofsgebäudes durch Ortsansässige. Wir verbarrikadierten uns dort die ganze Nacht, schliefen in wechselnden Schichten auf dem Boden und stopften uns streunende Katzen in die Bomberjacken.

Beim vierten Mal Schlägerei, Sauferei am Bahnhof, Wettrennen durch die nächtliche Stadt, Übernachtung in einer 24-Stunden-Gaststätte, eine ältliche Nutte drückt einem Taxifahrer Pickel aus.

Unser Agent in Nishny heißt Kolja, er hat bei all unserem Unfug mitgemacht, wenn wir uns Richtung Osten aufmachten. Er grölt in einer Rockgruppe, sie hatten noch kein Konzert ohne Schlägerei und Chaos. Das ist eine gute Leistung für die russische Bühne.

Er sagt: »Ich habe die Schnauze voll, das ist langweilig. So viele Jahre immer dasselbe. Ich glaube, ich reiche meine Papiere ein, verpflichte mich und gehe in den Kaukasus, um mich auf die Schwarzköppe zu stürzen. Ich krieg ein MG, und mein Arsch wird von Panzern und der Luftwaffe gedeckt. Ich weiß, was ich wirklich brauche.«

Neulich gingen wir eine Straße entlang, vor einer Kneipe standen Jugendliche, wir liefen vorbei und hörten, dass sie uns was hinterherschrien. Wir machten kehrt und begannen, sie zusammenzuschlagen. Ein großer, sehniger Jugendlicher stürzte hinter einem Pfeiler hervor auf mich zu und versetzte mir ein paar Schläge ins Gesicht, schlug mir die Braue blutig. Ich spürte das praktisch nicht, wich nicht zurück, wollte angreifen, er rannte mit seinen Freunden in die Kneipe und schloss sich ein. Sie verpassten mir in der Unfallstation zwei Stiche, und ich wurde ein bisschen nachdenklich. Das, was mir in den letzten Jahren fast die einzige Freude war, hatte an diesem Tag keine, überhaupt keine Gefühle hervorgerufen, es war bloß eine routinemäßige Schlägerei mit wem auch immer. Ich spüre Schwermut. Ich hab wohl den Faden verloren, jetzt kann man mich angreifen und aufschlitzen, und ich werde dabei an etwas anderes denken. Ein erstes Warnzeichen.

Das zweite Mal klingelte es ein paar Monate später, als sie mir in der Elektritschka mit einem Messer den Nacken aufschlitzten und den ganzen Körper zerstachen. In diesen Sekunden waren die einzigen Emotionen, an die ich mich erinnern kann – der Wunsch, wenigstens einem der Wichser ordentlich eine reinzuhauen, und Schwermut. Vielleicht sinke ich das nächste Mal, wenn so etwas passiert, nur auf die Knie und preise Jesus. Ich denke, ich sollte derzeit Zufallsschlägereien meiden, man könnte mich versehentlich umbringen, wenn ich bloß schwermütig bin und mit den Gedanken woanders.

Unmittelbar vor meiner Ausreise war ich einen Tag zu Besuch in Nishny Nowgorod und schmiss einen Arsch aus dem Trolleybus, haute ihm eins in seine verfickte Fresse und merkte nicht, wie er mir dabei mit irgendwas die Gurgel aufschnitt, ein langer oberflächlicher Schnitt am Hals. Wieder genäht. In diesem Moment fühlte ich mich okay, aber natürlich ein bisschen schwermütig. Ich habe jetzt sieben Schnitt- und Stichwunden. Noch siebzehn, dann sinds vierundzwanzig.

Verzweifelte Hausfrauen nehmen sich das Leben, indem sie Rohrreinigungsmittel trinken, im Japan des Mittelalters schlitzten sich die Samurai den Bauch auf. Das war ein Ehrentod, mit dem man für geleistete Verdienste ausgezeichnet wurde. Warum so schmerzhaft und qualvoll?

Bei Remarque heißt es an einer Stelle, dass es sich nur dann um Mut handelt, wenn man sich wehren kann. Wenn man zäh an seiner Waffe festhält. In einer isländischen Sage bittet ein Wikinger darum, vor seinem Tod zumindest seinen Speer berühren zu dürfen – so gehört er zu den im Kampf Gefallenen und kommt nach Walhalla. Du rennst nicht vor dem Leben weg, rennst nicht vor dem Bösen weg – du bist bereit, den Tod mit der Waffe in den Händen zu empfangen. Selbstmörder verdammen sich zu einem mechanischen Tod wie im Schlachthof. Sie werden von Gift getötet, das schon geschluckt ist, vom Asphalt, wenn man aus oberen Etagen fällt, von einer Schlinge, die nicht wieder gelöst werden kann. So wird die ganze Verantwortung auf die Gravitation geschoben, die Wirkung von Toxinen oder andere Universalgesetze, deren Opfer du bist.

Aber wenn du die Klappe hältst und dir wieder und wieder ein Messer in den Bauch rammst, es drehst und wendest und so deine eigenen Innereien zersäbelst, schiebst du die Verantwortung auf niemanden. Mit jedem Hieb, jeder Explosion unerträglichen Schmerzes sagst du: Ich bin es selbst. Ich gebe nicht auf, kapituliere nicht, ich bin im Krieg und bereit, meinen entscheidenden Schlag zu tun. Und deine zitternden Finger umklammern den kalten Stahl.

Ich hasse all diese Leute, diese ganze verfickte Generation. Alle, die in den Neunzigern aufgewachsen sind. Stinkende Wichser. Wisst ihr, alle unsere Verfahren, auch Fedjas, wurden immer von fünfundzwanzigjährigen Blutsaugern geführt oder sogar von noch jüngeren. Von Leuten Jahrgang 88 wurde ich verhört. In fieser modischer Kleidung, Wichserjäckchen, mit schwulen Frisuren, sie sahen genau aus wie die, die wir all die Jahre verkloppt haben. Und die Sätze, die ganze Sprache, blöde Scherze, Mist aus dem Internet. Sie machten dumme Witze und flirteten bei den Anhörungen am Tag nach Fedjas Ermordung mit seiner Freundin Katja. Fuck, in den Ofen mit diesen Rindviechern, in den von Auschwitz, es ist um keinen schade, die ganze Generation, alle zwischen zwanzig und fünfundzwanzig, und mich gleich mit rein, geht in Ordnung. Die Gierigen, Dummen, Fiesen, Plumpen, Zynischen, Feigen – ich hoffe, ein dritter Weltkrieg tilgt diese Bastarde vom Erdboden.

»Herzlichen Glückwunsch, Schwein!«, brüllt Kolja und steigt mit seinen ganzen hundert Kilo auf das Gesicht eines Typen, der auf dem Asphalt liegt. Dessen Kumpel, so zwanzig Leute, hasten zwanzig Meter weiter umher und stochern sinnlos mit Messern in der Luft rum. Sie wollten während unseres Konzerts im Wald ein paar Leute umbringen, aber irgendwas ist schiefgegangen, und plötzlich kam aus dem Dickicht ein Haufen Leute mit halben Bäumen, Wurzelballen und Metallschrott. Nun waren sie selbst die Opfer.

»Haut ab! Ich schieße, ihr Säcke! Alle schieß ich nieder!«, brüllt ein Scheißbulle der rechtzeitig auftauchenden Einheit und stößt Kolja mit dem Kolben einer Kalaschnikow weg. Statt zu gehorchen, geht Kolja zu ihm hin und haut ihm eins in die Fresse, aber irgendwie ungeschickt, er ist stockbesoffen und trollt sich in die Arme rechtzeitig auftauchender Kampfgefährten, die seinen Körper zurück in den Wald tragen. Die verfickten Bullen verlegen sich auf einen Sonderplan zur Niederschlagung von Aufruhr, sofort rücken vier OMON-Busse an, es beginnt die Säuberung des

Waldstreifens. Wir laden unsere Anlage ins Auto und treten auf Wildpfaden den Rückzug ins Moskauer Umland an.

Es ist Mitte April, der Schnee ist gerade erst geschmolzen, Schlamm, Matsch, es ist ziemlich kalt. Wir sitzen mit den Musikern auf Baumstümpfen und Stämmen und hören den abendlichen Vogelgesang. Die Dämmerung setzt ein.

Einige wurden damals trotzdem verhaftet, bei einem wurde eine Tüte mit dreißig unserer CDs konfisziert. Das Konzert im Wald – das war die Release Party unserer Demo-Aufnahmen. Die Bullen auf dem Revier legten eine CD ein und waren von der ersten Sekunde an geschockt.

»Verfickter Wahnsinn!! Allein fürs Hören von dieser Scheiße muss man die einlochen oder erschießen!!«

Lüge, klaue, töte – böse Regeln, die für alle gelten; Bullen und Politiker lügen nicht schlechter als du, wir oder sie – wer überlebt in diesem Krieg? Einer muss die anderen töten, einer muss der Schlimmste sein, einer muss sterben.

Lüge, klaue, töte – heuchle und täusche; betrüge sie alle! Du wirst nicht schlechter als du bist. Stehle, schummle, halte durch! Du schaffst es als Erster! Du schaffst es als Erster! Du wirst dadurch nicht schlechter als sie alle zusammen – lüge, klaue, töte.

Geboren in den Achtzigern, wurde in uns die Kindheit getötet. In einem zerstörten Land versuchten wir, Menschen zu sein. Ich erinnere mich, wie ich nicht gebraucht wurde, wie wir in kaputten Familien aufwuchsen. Ich erinnere mich an die Minuten, in denen ich aus dem Leben gehen wollte. Die langen Winter der Neunziger – das alles ist jetzt Vergangenheit ...

Doch der Tod verfolgt uns seit diesen beklemmenden Tagen, Schmerz und Leid hinterlässt seine Spur. Eine Welt, in der alle sterben; die Stadt – ein Mörder von Hoffnungen ...

Wer deiner Liebsten kommt als nächstes nicht mehr nach Hause? Das, was du liebst, wird als erstes zerstört. Ein Reiter auf bleichem Pferd fliegt jeden Tag über Moskau, Tränen aus Augen der Toten fallen als Regen vom Himmel.

Der Mathematikprofessor Ted Kaczynski hatte der Menschheit den Krieg erklärt. 1971 verließ er die Zivilisation und ließ sich in den Wäldern des US-Staates Montana in einer selbstgebauten Hütte nieder. Er ernährte sich von selbst erlegten Kaninchen, kärglichem, selbst angebautem Gemüse und Wurzeln, die er sammelte. Außerdem baute er in seiner Abgeschiedenheit Sprengsätze, legte sie in Päckchen und schickte sie an Adressen bekannter Laboratorien, Wissenschaftszentren, Universitäten. Durch seine Aktionen kamen drei

Menschen ums Leben, neunundzwanzig wurden verletzt. Achtzehn Jahre wurde er vom FBI gesucht, er bekam den Spitznamen Unabomber (UNiversity Airline BOMBER). Ted wollte die Gesellschaft lähmen, er zielte auf ihre verwundbaren Knoten – Kommunikationssysteme, Transportmittel und wissenschaftliche Einrichtungen. Die Gesellschaft erklärte ihn zum technogenen Albtraum des 20. Jahrhunderts, sie machte ihn zum Feind Nummer Eins, ein Monstrum, das fähig ist, jeden zu zerstören. Am 3. April 1996 wurde Ted verhaftet, nachdem ihn sein leiblicher Bruder identifiziert hatte. Jetzt sitzt er vier Mal lebenslänglich im Bundesgefängnis ADX Florence in Colorado ab, das zur Kategorie Supermax zählt und damit eines der am stärksten bewachten Objekte in den USA ist.

Ted hat mehrere Texte geschrieben, das Unabomber-Manifest *Die industrielle Gesellschaft und ihre Zukunft*, und Erzählungen, von denen *Ship of Fools* die berühmteste ist.

Mittlerweile hat Ted weltweit Tausende von Anhängern, er wird als einer der Großväter des Anarcho-Primitivismus bezeichnet. Ich bin mir nicht sicher, ob das korrekt ist. In seinen Arbeiten vertritt er eher traditionelle rechte Ansichten. Doch möglicherweise ist das auf dem Niveau von Aufrichtigkeit, das er erreicht hat, nicht mehr wichtig. Interessant ist, dass Ted im Gefängnis äußerst zurückhaltend war und während der gesamten Zeit nur zu wenigen ein vertrautes Verhältnis aufbauen konnte. Unter ihnen war Timothy McVeigh, ein rassistischer Terrorist, der 1995 ein öffentliches Gebäude in Oklahoma City in die Luft gejagt hatte und vor seiner Hinrichtung im ADX einsaß. Bei seinem Anschlag kamen 168 Menschen ums Leben, zum Großteil Weiße. Niemand verstand, warum er das getan hatte. Nach seiner Verhaftung erklärte Timothy, dass er sich bei seinen Aktionen und seiner Kampfstrategie an den *Turner Diaries* von William Pierce orientiert hätte – einer neonazistischen Antiutopie, in der die Idee skizziert wird, dass die weiße Herrschaft niemals durch eine Reformierung des bestehenden Regimes oder durch Terror gegen Einzelpersonen erreicht werden könne – der einzig richtige Weg sei die totale Zerstörung der gesamten westlichen Zivilisation, das Provozieren eines dritten Weltkriegs und ein abschließender Kampf der Rassen unter den Bedingungen eines nuklearen Winters. Nur befreit von Elektrizität, jeglichem Alltagskomfort und dem Opium der Medien könne der arische Mensch endlich dem Ruf der nordischen Vorfahren Folge leisten und in den Flammen eines neuen Armageddon siegen. Kaczynski war kein Rassist, aber mit Timothy hatte er eine gemeinsame Sprache.

Ted steht über der ganzen Welt wie der Paladin eines neuen Zeitalters, sein Schutz ist der Primitivismus, seine Waffe der Terror. Er glaubt an nichts und niemanden, ist immer einsam, der Schwächste, aller Dinge beraubt – und gleichzeitig allmächtig.

Es ist spät nachts. Ich sitze in einem Café und schaue aus dem Fenster. Friday Night, die Straßen sind voller Menschen, obwohl es weit nach Mitternacht ist. Araber und Schwarze brüllen und lachen vor den Eingängen der Bars. In dem Café, wo ich sitze, drängen sich rund vierzig Leute, alle wärmen sich auf, unterhalten sich, trinken Kaffee. Eine Stunde später verlasse ich den Laden. Vor mir liegen fünftausend Kilometer, fünf Übernachtungen wo auch immer, fünf von endlosen Exzessen angefüllte Tage, und für all das habe ich ungefähr zwanzig Euro. Die Sprungfeder ist bereit zum Losschnellen. Auf gehts.

Ich trinke meinen Kaffee aus, gehe auf die Straße, gehe durch die fremde Stadt zum Busbahnhof. Tausende weißer Taxis rasen vorbei, Leute drängen sich in Imbissen, es ist ordentlich kalt. Ich setze mich in den Bus, fahre zum Hafen, besteige ein Kasinoschiff mit zwölf Decks. Ich habe das billigste Ticket, ohne Kajütenplatz, ich lege mich einfach auf ein Sofa in eine Ecke des Spielsaals. Morgens wache ich vor Hunger auf, die zwanzig Euro sind für den Zug. Ich krame in den Taschen, finde zwanzig Cent, gehe ins Kasino, drücke auf den Knopf des Spielautomaten, und plötzlich verwandeln sich die zwanzig Cent in fünf Euro. Frühstück.

Wir fahren übers Meer, ich gehe in einem Industriehafen von Bord, versuche drei Stunden lang, ein Auto anzuhalten, nix. Schließlich wird die Polizei auf mich aufmerksam und jagt mich in die Wälder. Ich verirre mich an den Klippen und komme in ein Dorf. Dort erzählen mir russische Kinder, wie ich zu den Fernbussen komme, Halleluja.

Das Geld reicht nur für den halben Weg. Ich steige aus, Schneetreiben, ich bin pleite. Es wird Abend. Ich gehe in die Stadtbibliothek, um mich aufzuwärmen. Dort gibt es kostenloses Internet und die gesammelten Werke von Solschenizyn. Ich checke Mails – ein Bekannter aus Moskau schreibt, dass er gerade heute hierhergekommen ist, um Freunde zu besuchen, und abends wieder wegfährt. Wir treffen uns, gehen zum Bahnhof, klauen in Geschäften auf dem Weg was zu Essen und Geschenke, setzen uns ohne Tickets in einen zufällig vorbeikommenden Zug, tun so, als hätten wir dort von der ersten Station an gesessen, der Kontrolleur geht vorbei, wir fahren.

Mein ausländischer Bekannter ist aus Moskau hierher in seine Heimat gekommen, um Verwandte und Freunde zu besuchen. Er kommentiert jedes Städtchen, durch das wir fahren: »Hier habe ich gesessen. Und hier. Und hier ist das Gefängnis echt scheiße.« Seine Haftstrafe wurde in viele kleine aufgeteilt, weil er in Moskau studierte und für die Prüfungen immer hinfahren musste ...

»Jedes Mal, wenn ich nach Hause komme, falle ich in eine abartige Depression, ununterbrochen denke ich an Selbstmord. Dieses Land hat die höchste Selbstmordrate Europas, ich halte es hier nicht länger als zwei Wochen aus. Es ist schlimm, ewige Finsternis, nicht mal die Bäume sind echt. Die Bäume hier, wir sind sehr stolz auf unser grünes Land, aber guck, sie sind alle gleich hoch, das sind Anpflanzungen, überall Anpflanzungen. Um einen echten Wald zu sehen, fahren wir nach Russland.

Vor elf Jahren war ich das erste Mal in Moskau, wir haben bei Rostow ein großes Umweltcamp gegen den Bau des Containerzentrums einer Fabrik organisiert. Leute aus ganz Russland waren da, schliefen in Zelten, soffen, was das Zeug hielt, sangen Lieder. Dann stellten sie große Betonblöcke auf die Straße, auf der die Bauarbeiter jeden Morgen zur Baustelle kamen und ketteten sich mit Handschellen dran. Das ist eine in Europa übliche Protestpraxis. Morgens sahen die Arbeiter das und schlugen alle, die da waren, zu Klump, warfen die Zelte auf einen Haufen und zündeten sie an. Ich stehe mitten in dem Scheiß, alles brennt, die Leute wälzen sich im Dreck, und ich denke: Aus, Schluss. In Europa ist das undenkbar. Doch am nächsten Morgen tranken die Russen immer noch, hatten sich neue Hütten gebaut, Wodka gekauft, und das Camp ging weiter, als wäre nichts gewesen. Da wurde mir irgendwie klar, dass Russen echt glamouröser sind ...«

Wir kommen an, ich übernachte bei einem anderen Bekannten, checke meine Mails – gestern haben irgendwelche Wichser bei einem riesigen Konzert in Piter eine Nagelbombe gelegt, die wie durch ein Wunder nicht gezündet hat. Es waren mehr als 600 Menschen dort, die Tasche mit der Bombe mitten im Gewühl. All diese Mädels und Jungs ... furchtbar.

Morgens vor der Abfahrt noch ein Streifzug durch die Geschäfte, Essen und schicke Klamotten verschwinden in meiner Tasche. Mittags setze ich mich in einen Reisebus mit fliegenden Händlern, überall riecht es nach geräuchertem Fisch und Putzmitteln. Einige Stunden später drückt mir ein Grenzer einen Stempel in den Pass – ich bin wieder in der Heimat. Dreckiger Schnee, Soldaten in Wattejacken, Schäferhunde ... Ich komme nach Piter, das restliche Geld reicht gerade für ein Ticket nach Moskau. Abends bei einer Freundin, dann Nachtzug, ich ernähre mich ausschließlich von Diebesgut. Am nächsten Tag schon in Moskau, auf dem Bahnsteig stehen Bullen und schicken alle jungen Leute zur Leibesvisitation. Herzlich Willkommen. Ich verbringe zwei Stunden auf der Wache. Als ich an der Reihe bin, beginnt die Mittagspause, man entlässt uns ohne Kontrolle. Ich bin froh, im Rucksack hätten sie statt Pillen einen Patronengürtel gefunden, einen Vibrator und sechs Kilo Vinylplatten mit Eingeweiden auf dem Cover.

Ich habe Zeit verloren, schaffe es nicht mehr nach Hause, fahre gleich zum Klub. Heute ist die Release-Party einer befreundeten Band, alle sind schon da. Die Show beginnt, durchgedrehte Typen springen aus dem ersten Stock in die Menge, drängen sich nach vorn. Wowa tritt heute im Trainingsanzug auf, die Menge stürmt die Bühne, immer wieder greifen sie nach seinem Mikro. »Wir schlagen den Wichsern die Fressen zu Klump.«

Mich beschäftigen echte Überlebensfragen, ich habe schon auf einem Tisch die Platten ausgebreitet, die ich gerade aus dem Ausland mitgebracht habe. Nach einer halben Stunde habe ich genug Geld, um meine Ausgaben der nächsten Tage zu decken. Ich gebe Freunden meine Sachen zur Aufbewahrung und ziehe mich auf der Toilette um. Draußen warten schon die drei, die heute mit mir nach Kiew fahren, der Zug fährt in einer Stunde. Wir winken ein Auto ran, kaufen uns an Buden was zu Essen, fahren los.

Bei Tagesanbruch sind wir schon in der Ukraine. Die Stimmung ist geil, wir hören auf MP3 Lieder von Michail Bojarski, laufen über den Chreschtschatyk, essen für ein paar Groschen in irgendwelchen Kantinen. Übernachten bei Freundinnen in einer Vorstadt, morgens kommen die anderen, Alk-Trash, Krawall, jetzt können alle Bojarski schon auswendig. Am Abend sind alle druff, wir treffen uns mit Einheimischen am Stadtrand, alle sind voll, besoffen. »Vorwärts, Husaren – fickt und schlachtet!«, brüllt ein durchgedrehter Typ und reihert dabei auf seine 1000-Dollar-Jacke. Alle werden in Busse verfrachtet, wir fahren Richtung Westen. Gegen fünf Uhr morgens, bei Sonnenaufgang, halten wir an der Grenze des Gebiets und laufen durch Dörfer und Gehöfte zur Bahnstation. Leichter Frost hat eingesetzt, überall krähen die Hähne, die Hütten sind noch nicht erwacht.

Wir setzen uns alle in die erste Elektritschka und fahren damit in die Stadt. Ein sonniger Tag, durch die verwinkelten Kopfsteinpflastersträßchen zu spazieren, ist einfach klasse. Wir okkupieren ein kleines Café direkt im Zentrum und warten, bis man uns hinterherkommt. Ein paar Typen aus Minsk gesellen sich zu uns, sie sind bereits seit dem Morgen hier und haben in der Stadt bisher keine Bewegung bemerkt. Das Warten dauert schon mehr als drei Stunden. Wir beschließen, uns zum Stadion aufzumachen, ihnen entgegenzugehen. Wir marschieren in Kolonnen über Boulevards und Prospekte, das Lied der Musketiere dröhnt durch die ganze Stadt. Neben mir läuft ein Typ und brummt mit Blick auf das Stepan-Bandera-Denkmal begeistert: »Halt aus, Mütterchen Russland, der böse Wanka aus Kaluga ist gekommen und wird sich für dich prügeln ...«

Der Platz vor der staatlichen Universität, ungefähr vier Uhr nachmittags. Wir stehen als massives Quadrat von sechzig Mann – Kiewer, Minsker, Moskauer – so, dass der Flügel des Gebäudes uns von hinten deckt. Aus dem Park gegenüber stürzt ein Haufen einheimischer Idioten, mehr als hundert, sie kommen tänzelnd auf uns zu und brüllen blödes Zeug. »Einer für alle – alle für einen!«, brüllen wir zurück, und die ersten Reihen treffen aufeinander.

Weiter in Bildern: Zerschlagene Gesichter, zerfetzte Klamotten, Asphaltbrocken, fliegende Mülleimer, ein langer Lulatsch aus ihren Reihen rennt nach vorn, erkennt mich und schreit überrascht: »Warum sitzt ihr nicht?« Dann alles wie im Drehbuch: Schüsse in die Luft, Spezialeinheiten mit ihren Kosmonautenhelmen rücken an, alle werden auf den Asphalt gelegt, dann mit dem Gesicht an die Wand, dann auf die Wache. »Moskauer Dreck?« Ein Bulle im Vorzimmer wedelt verwundert mit meinem Pass. Wir werden auf mehrere Zellen verteilt, ich komme in eine, in der schon ein Bekannter aus Kiew sitzt und ein anderer Moskauer. Der Moskauer hat eine heftige Gehirnerschütterung, hat den letzten Rest gefickten Verstand verloren, fragt uns ständig: »Wo bin ich? Wie, gabs eine Schlägerei? Und ich hab mich geprügelt? Von wegen. Ihr verarscht mich doch!« Immer wieder dasselbe, im Abstand von einer Minute. Verlust des Kurzzeitgedächtnisses. Nach einer Stunde haben wir die Schnauze gestrichen voll.

Ich stehe an der Eisentür einer stinkenden Zelle in einer Stadt, in der es eine Dschochar-Dudajew-Straße gibt, habe über fünf Tage nicht geschlafen, war mehr als zwei Monate nicht zu Hause, im Korridor laufen ukrainische Bullen auf und ab, und neben der Latrine wiederholt ein blutüberströmter Kerl zum tausendsten Mal: »Von wegen! Ihr verarscht mich doch!«

Schön gefeiert.

»Ich leide an Hypoxie der Gehirnrinde. Wir sind alle krank. Und diese Leute sind auch krank«, sagt Oleg, gerichtsmedizinischer Gutachter im Bereich Psychiatrie. »Deswegen packt es mich immer mal und ich muss was tanken.«

Wir trinken Wodka im Stehimbiss, in unserer Tschebureki-Bude, wie immer.

»Dein Leben ist sicher nicht leicht«, sage ich zu ihm. »Du schaust Leute an und merkst sofort alles, jeden in seine Schublade, für jeden eine Diagnose.«

»Stimmt, aber was solls, man gewöhnt sich dran. So ist nun mal die menschliche Natur. Die Bandbreite der Abweichungen ist gar nicht so groß, und die Menschen sind nicht sonderlich unterschiedlich. Es ist keine Sünde, dass man zu einem von einem paar Dutzend Typen gehört. Man kann Kinder kriegen, mit irgendwas Erfolg haben, irgendwie seine Freizeit verbringen. Das ist doch okay.«

»Wahrscheinlich. Und man braucht nicht mal eine Seele, die wird per Sozialpsychologie und Statistik abgeschafft.«

»Alles ist Statistik. Weißt du, Schizophrenie – die Krankheit gibt es nicht. Alle Leute neigen mehr oder weniger dazu, sie ist Teil der menschlichen Natur, die Neigung zu schlimmeren Verläufen ist Vererbungssache. Wenn wir eine Diagnose stellen, klugscheißern wir nicht oder quatschen Blödsinn wie all die Psychologen oder Psychoanalytiker. Ich schau nur: Haben wir es schon mit einer Dissoziation der Persönlichkeit zu tun, das heißt, kann dieser Mensch noch in der menschlichen Gesellschaft leben oder nicht? Denn alle Genies sind schizophren. Der Unterschied ist nur, dass sich das bei dem einen darin äußert, dass er riesige Zahlen addiert, Bilder malt oder Sinfonien schreibt, und bei dem anderen, Bonbonpapiere zu sammeln oder nicht seine Schnürsenkel zuknoten und für sich sorgen zu können. Bis hin zu physiologischen Abweichungen, bei schweren Fällen. All diese Tätowierten, die wir untersuchen, sind Zombies, leere menschliche Hüllen. Sie zeigen einen völligen Persönlichkeitszerfall, wie ein Müllhaufen. Sie ertränken Kinder, sitzen ihr Leben lang im Lager ...«

Wir trinken jeder noch einen.

»Weißt du, in der Psychiatrie gibt es einen ziemlich extravaganten Ansatz: Schizophrenie ist nichts anderes als ein weiterer von der Evolution in uns angelegter Entwicklungsweg des Homo Sapiens. Möglicherweise ist unter uns das Gen einer neuen Art verstreut, einer neuen Menschheit, die einst kommen wird, die heutige abzulösen. Unter bestimmten Bedingungen einer zukünftigen neuen Welt erweisen sich vielleicht gerade diese Menschen als besonders fähig und effektiv. Ich schaue mich schon jetzt um, in der Metro zum Beispiel, rundum klinische Fälle noch und nöcher. Ich habe Angst um meinen Sohn. Wenn der groß ist, gibt es auf den Straßen wahrscheinlich nur noch Psychopathen.«

Ich habe es mittlerweile gelernt – du musst immer lügen. Daran ist nichts Verwerfliches, Krieg ist Krieg. Du bist mitten im Feindesland, sehr gut getarnt, hast gefälschte Papiere, eine gefälschte Geschichte, Vergangenheit, eine Legende. Der Satan versucht, dich zu finden, aufzuspüren, zu neutralisieren, aber du verfügst über ordentlich viel Scharfsinn und einige Jahrzehnte, um ihn bis zum Schluss erfolgreich zu betrügen und als Sieger vom Feld zu gehen. Es gibt keine Gesetze und Regeln, alle Gebote sind längst veraltet, mittlerweile benutzt der Böse sie selbst, um dich unter Kontrolle zu halten. Du brauchst nur einen Fehler zu machen, deine Identität preiszugeben – und du bist abgeschrieben. Dann klebt er dir ein Schildchen an die Stirn und den rechten Arm: *heilig*, *ehrlich*, *guter Junge*, *Kumpel*, *Faulpelz*,

Dussel, Bettler, Idiot – da ist nichts zu machen, du wirst ihm aufgetischt.

Deine Aufgabe ist es, ihn zu betrügen, die Karten andauernd neu zu mischen, ihn nicht zur Besinnung kommen zu lassen, ständig die Kennwörter und geheimen Treffpunkte zu ändern. Dann kapiert er vielleicht nichts, bringt alles durcheinander und merkt das Wichtigste nicht, füllt deine Papiere falsch aus – und du bist frei! Aber die Jungs, die immer die Wahrheit sagen und für ewige Ideale kämpfen – in unserer Zeit sind sie seine treuesten Diener.

Ich schaue mich oft um und sehe einen Haufen attraktive Mädchen, Studentinnen, Rockfans, Anhängerinnen von Gelagen und Partys. Sie sind echt hübsch, mein Gott. Und ich frage mich, wo war ich denn, als ich achtzehn war, als alles noch vor mir lag und das Leben voller Wunder zu sein schien.

Ich stieg damals auf einer Flussbrücke aus einem Dorfbus, bis zu den Knien im Matsch lief ich über die Felder und durch die Wälder, kam zu einem Kloster und bat um Unterkunft in einem Wohnheim für Pilger. Dort waren schon rund dreißig Leute, alle schliefen in einem großen Saal, der durch hölzerne Trennwände in vier Bereiche unterteilt war. Der ganze Raum stand voller Stockbetten, Rauchen und lautes Sprechen waren verboten, das Klo war draußen.

So begannen wir ein neues Leben. Um sechs Uhr aufstehen, Morgengebet im unbeheizbaren Keller eines verfallenen Seitengebäudes, um acht eine vegane Mahlzeit, Krautsalat und gekochte Kartoffeln ohne Butter, dann wieder Gottesdienst in der Hauptkirche, dann den ganzen Tag Arbeitsdienst. Asphalt zerschreddern, Bäume roden, graben. Rundum ehrbares Publikum, ernste Leute mit schwerem Schicksal, Trinker, Knackis, Vagabunden. Hier heißen wir alle gleich: *Freiwillige*. Viele leben ihr ganzes Leben als Freiwillige im Kloster, ohne jemals Mönch werden zu wollen. Diese Leute haben einen besonderen Blick, wie nach innen gewandt, die mageren Hände mit hervortretenden blauen Adern überzogen.

Nach der Arbeit wieder in die Kirche, dann Abendessen mit Tee, nach dem Tee sind anderthalb Stunden Freizeit gestattet. Im Wohnheim das Schild: »Gesegnet sei das Kochen von Wasser.« Um zehn die Nachtgebete und gleich danach Zapfenstreich, überall geht das Licht aus, die Leute hieven sich für sechs Stunden in den Schlaf. Das alles heißt *Athos'sche Ordnung*, aber kürzlich war ich in Athos, und irgendwie habe ich dort keine solchen Abläufe erlebt ...

Nach einigen Tagen intensiver Therapie merkst du, wie sich der Geist verflüchtigt, wie du dich am kalten Morgen, während du durch den Wald zum Gottesdienst gehst, im Nebel auflöst. Die Augen erscheinen im Spiegel größer, vielleicht durch die darunter hängenden Augenringe. Mein Freund, der vorhatte, für immer hierzubleiben, und sich in ein paar Jahren zum Mönch weihen lassen wollte, zerrte mich zu einem ausgewählten Treffen mit dem dortigen asketischen Schimönch-Starez. In dem Kloster gab es zwei Starzen. Eli war der ältere, um ihm zu huldigen, kam man aus ganz Russland angepilgert.

Wir wurden durch die langen Gänge des Mönchstrakts geführt, nirgends eine Seele, wie ausgestorben. Vor einer alten Tür mit abblätternder Farbe machten wir Halt und warteten lange. Dann ließ man uns ein. Es war ein Zimmer von etwa vier mal vier Metern, Dielenboden, geweißte Wände, übersät mit kleinen, aus Zeitungen und Kalendern ausgeschnittenen Ikonen, ein Kachelofen, keine Möbel. In der hintersten Ecke saß ein vertrockneter Greis mit verfilztem Bart auf einem kleinen blauen Höckerchen, entweder hatte er sich nur kurz dort niedergelassen oder für immer, keine Ahnung. Die Hände auf den Knien gefaltet, seine schwarze Kleidung voller Totenköpfe und Skelette, schaut er wie im Dämmerzustand abwesend auf den Boden. Wir gehen langsam auf ihn zu, verbeugen uns, er schaut uns mit sanften blauen Augen an. »Frag doch, frag ihn etwas«, zischt mir mein Freund zu, aber ich habe irgendwie nichts zu fragen. Ich stehe einfach da und schaue seine trockenen Hände auf den weißen Totenköpfen an.

Da hat mir Eli ganz ruhig von sich aus etwas gesagt, ich weiß nicht mehr was.

Stellt euch einen Abhang vor, den Mond hell wie ein Loch im ewigen Himmelsreich, rundum kilometerweit Berge von der Farbe jener kleinen Feder auf dem Flügel eines Erpels. Es ist sehr hell.

Wir haben ein Lagerfeuer direkt an der Klippe entzündet, neben uns geht es vierhundert Meter im freien Fall hinunter, vor uns die gesamte Krim wie auf dem Präsentierteller. Ein zufälliges Treffen.

»Ja, vor zwei Jahren hab ich mich, genau wie du jetzt, alleine in die Berge aufgemacht, um meine Gedanken zu sammeln. Ich wollte alles ganz richtig machen, wie ein Asket, nahm fünf Kilo Buchweizen mit, Salz, eine Flasche Sonnenblumenöl und bin für drei Wochen ins Altai. Es war die Jahreszeit, in der absolut niemand in den Bergen ist. Leere, nur das Echo. Am zweiten Tag lief das Öl in meinem Rucksack aus, ich war echt sauer und musste mich allein von Grütze ernähren. Mit dieser Diät hätte ich nicht lange durchgehalten, aber rundherum waren die Hänge von gelben Ginsengblüten bedeckt. Wenn ich müde wurde, grub ich einfach ein Würzelchen aus, kaute es und spürte ein wunderbares Aufwallen von Kraft. Nach zehn Tagen begannen merkwürdige Treffen, aus der Leere tauchten plötzlich Figuren auf – ein Greis, ein Hirte, ein Kind – die mit mir sprachen und mir alle anboten, ein wenig von ihrem Öl zu nehmen. Ich nahm es zwar, doch am nächsten Morgen war es jedes Mal verschwunden. So ging es immer weiter, jeden Tag wiederholte sich die Geschichte mit dem Öl. Am Ende war ich ganz verzweifelt und lehnte es ab. ›Nimm doch ein wenig Öl, du hast doch keins‹, traten wieder und wieder merkwürdige Leute an mich heran. Ich aber antwortete ihnen: ›Nein, danke, ich habe schon verstanden, dass ihr Halluzinationen und Geister seid, ihr könnt mir mit eurem Öl gestohlen bleiben.‹ Und sie verschwanden.

Nach einer weiteren Woche hüllte mich auf einem Gebirgspass eine riesige Gewitterwolke ein. Sturmwetter zog auf, es war wie eine Wand aus Eis und nassem Schnee, die direkt auf einen zujagt. Ich rutschte ein Schneefeld hinab, verkroch mich unter einem eingefrorenen Wasserfall und dachte nur noch: Herr, hab Erbarmen! Mein Rucksack war zerfetzt, ich hatte im Sturm den Kompass, alle Karten und die Hälfte meiner Sachen verloren. Als der Wind ein wenig nachließ, kroch ich mit letzten Kräften zu einem Wald, legte mich auf Zedernnadeln und war futsch. Ja, so gut wie verschwunden. Eine kleine Spinne spann ihr Netz, ich verfolgte jede ihrer Bewegungen, in all dem steckte eine enorme Kraft und Sinnhaftigkeit. Ich verfolgte sie ohne Unterlass mehr als fünf Stunden. Dann kam die Nacht.«

Einmal kam Großvater ganz aufgeregt aus dem Krankenhaus zurück. Er hatte wieder mal kurz vor einem Infarkt gestanden, bereits zum vierten Mal wäre sein Herz fast explodiert. Er sagte, es sei nicht langweilig gewesen, im Schlafsaal hätten sehr nette Menschen gelegen, alle sehr herzlich, am herzlichsten der behandelnde Arzt. Er kümmerte sich um alle, war gutherzig und schrieb Gedichte. Ein Gedicht hatte Großvater sogar in sein Notizbuch geschrieben. Ich war damals vierzehn, aber ich kann das Gedicht immer noch auswendig.

»Der erste Strahl,
er ist Kumpan des zweiten,
zuckt hin und her und trocknet an der Wand.
Das erste Wort des Kindes,
schlaftrunken wacht es in mir auf.
Mein Los ist heiter,
mein Weg, er liegt noch vor mir,
das ist der herrliche Moment.
Gerufen werde ich, man nennt mich: ›Junge!‹
Doch ich bin lang kein Jung mehr, bin ein Greis.«

Sie haben meinen Körper total verstümmelt, die Haut zerfetzt, die Sehnen umgestülpt, die Bauchhöhle ausgeweidet, mit Haken rumgestochert, alle Knochen zertrümmert. Mein Körper hängt auf einer Streckbank, an einem Haken im Brustkorb, schon tot. Man hat mich vergessen, Muskelkontraktionen und Reflexe sind längst verschwunden, Exkremente und Blut auf dem Fußboden vermischt. Sie lösen einen Knoten, meine Überreste fallen in eine Pfütze organischen Drecks. Aus mir heraus, direkt aus meinem Innern, irgendwo aus dem Bauch, kriecht ein kleiner, weißer, puscheliger Spitz, vielleicht Klein Leika, mollig und agil. Er kommt aus mir heraus ohne eine Spur von Blut, wedelt mit dem Schwanz und schmiegt sich an die hohen Stiefel des Henkers, leckt seine vom Morden groben Hände mit einer warmen rosa Zunge.

»Die Macht besteht aus schwarzem Gummi!«, schreit ein dürres Mädel mit Sicherheitsnadeln und Dornen, zerbrechlich wie ein kleines Reagenzglas voller Säure. Vierhundert Menschen hören ihren Schrei und werden zu einem einzigen Brei menschlichen Abfalls, einem Ozean von Hass und Ekstase. Alle stürzen sich aufeinander, Pistolen, Böller, Dolche, selbstgebastelte Klingen fliegen aus den Taschen auf den Betonboden. Alles hat seinen Sinn verloren, und jetzt ist alles möglich. Vor einer Stunde wurde ein Freund von uns an der Metrostation schwer verletzt, es ist noch nicht sicher, ob er überlebt. Alle sind geladen, das Blut schreit und rast. Aus dem Saal, der Werkhalle einer verlassenen Papierfabrik, strömen die Leute in Wellen auf die Straßen, stolpern über Absperrungen und Blockposten, reißen in ihrem Strom Pfandflaschen, Bretter, Eisenrohre, Steine mit, die ihnen in den Weg kommen. Eine endlose Menge fließt die Straßen hinab, dorthin, wo im nächtlichen Schein der Buden die alte Metrostation zu sehen ist. Niemand glaubt, dass dies das Ende ist, niemand möchte es glauben. Hass. Die Metrostation ist leer, der Strom fließt lärmend und krachend unter die Erde, zum erbärmlichen Geknall der Drehkreuze, die niemand beachtet.

Als ein Großteil schon unten auf dem Bahnsteig war, und die Leute den Zug aufhielten, damit er auf den Rest wartet, kam es zu jenem denkwürdigen Vorfall. Die Leute, die unseren Freund aufgeschlitzt hatten, kamen aus irgendeinem Grund wieder zu dieser Metrostation, sahen die, die sich am Eingang drängten, und begannen sie niederzumachen. Es waren rund dreißig Angreifer, sie hatten sich in ihrer Kraft verschätzt. Die Menge sog sie wie ein Vakuum die Treppen hinunter, direkt in den Höllenschlund. Hier wurden natürlich alle durchgefickt. Es begann ein Gemetzel, alles kam zum Einsatz – Pistolen, Gas, Messer, Baumaterialien, Metallsperren, Rolltreppenteile. Besonders eindrücklich waren die gläsernen Deckenleuchten, sie wurden zu langen spitzen Scherben zerschlagen, Blut floss in Strömen. Der Zugverkehr wurde eingestellt, die Spießer drückten sich an die Sitzlehnen, während man vor ihren Augen Leute in blutiges Hackfleisch verwandelte. Die Bullen schlossen sich in ihrem Kabuff ein, die Überlebenden stürzten zu ihnen in der Hoffnung, bei ihnen Schutz zu finden. Durchs Schlüsselloch blitzte ihnen als Antwort der Lauf eines Maschinengewehrs entgegen.

Niemand blieb verschont. Einem Teil der Angreifer gelang es zunächst, sich in der Metrostation unter die Menge zu mischen und in die Waggons der gestoppten Züge vorzudringen. Sie versuchten, sich unter die Spießer zu mischen, das Gemetzel zog sich durch die Waggons. Einer hatte sich zwischen zwei verschreckten Rentnern auf eine Bank gesetzt – den fand Sascha. Sascha war besoffen.

»Maulwurf! Ach du bists! Uups, Jungs, Finger weg von dem! Diesen Wichser nehmen wir mit. Wanja, komm her!« Im Jahr davor hatte Maulwurf mit einem Rasiermesser Wanja den Kopf aufgeschlitzt ...

»Mir egal«, antwortet der überraschend ruhig, »das ist nicht mehr wichtig. Macht mit mir, was ihr wollt. Meine Pulsadern sind schon aufgeschlitzt, in ein paar Minuten bin ich tot.« Und wirklich, plötzlich merkten alle, dass die ganze Bank und der Boden unter ihm eine Blutlache war, in Strömen sprudelte es aus seinen Ärmeln. Alle waren platt, wie schlagfertig Maulwurf reagierte, fickten ihn bewusstlos und warfen ihn an der nächsten Station aus dem Zug.

In jener Nacht übernachteten über zwanzig Leute bei mir in der Wohnung. Ich wartete die ganze Zeit auf den Anruf des Typen, den wir aufs Revier geschickt hatten, um nachzusehen, was mit unseren Verhafteten war. Endlich fängt das Handy an zu piepen, ich drücke auf den Knopf.

»Hallo. Hier ist Milizhauptmann soundso. Wir haben deinen Mann festgenommen, nun kommst du nicht davon, du kommst jetzt zu uns und stellst dich«, brüllt es aus dem Hörer.

»Fick dich«, antworte ich und lege auf.

Im Evangelium gibt es eine Stelle, wo Jesus am Palmsonntag auf einem Esel in Jerusalem einzieht. Jesus bittet darum, dass man für ihn einen jungen Esel findet, der noch kein Jahr alt ist und an der Mutter hängt. Er möchte auf ihm in die Stadt einziehen, in der ihn Massen von Menschen als neuen König erwarten. Kürzlich fuhr ich auf den Berg Athos. Ich quälte mich mit einem krassen Kater herum, lag unter Büschen und erblickte dort am Anleger genau solche Eselsfohlen. Sie waren einfach bezaubernd, klein, puschelig, fast plüschig, mit riesigen Augen. Auf so einem triumphal in eine Stadt einzuziehen – das ist, als würde man auf einem Stofftier reiten. Gott sagt allen, die ihn da mit Palmwedeln begrüßen: »Besinnt euch, warum ihr gekommen seid, und beruhigt euch. Was wollt ihr von mir? Ihr seid wohl alle verrückt geworden, was soll ich denn tun? Geht nach Hause, ihr Traumtänzer!«

Es ist nicht wahr, dass ich mich nach den Ausschreitungen, Massenschlägereien in den Klubs und Gemetzeln in der Metro verpisst hab. Auch nicht nach Hunderten von Anrufen, durchgedrehten Stimmen am Telefon, idiotischen Festnahmen und endlosen Verhören. Und nicht, nachdem vier oder fünf solcher Episoden am Ende zu einem echten Verfahren wurden und die hohen Tiere sich nicht mehr aus Spaß aufregten. Auch nicht, nachdem die Medien begonnen hatten, unausgesetzt Blödsinn über Gemetzel von Gruppierungen oder bewaffneten Untergrundorganisationen zu verbreiten und Nachrichten über uns jede Woche neue Einschaltquotenrekorde erzielten. Der offene Brief eines Deputierten an die Staatsanwaltschaft und den FSB hatte ebenfalls nichts damit zu tun.

Weihnachten hatte mich ein Freund zu einer Hippie-Weihnachtsfeier eingeladen. In einem warmen gemütlichen Klub im Souterrain versammelten sich ordentlich viele Leute: Mamas mit Kindern, alle hübsch gemacht, in selbstgenähten Kleidern mit Borten. Überall das Kreischen und Lachen von Kindern. Langhaarige Männer unbestimmten Alters waren als Magier, Hirten, Apostel und Märchenerzähler verkleidet. Früher hatten hier unsere Konzerte gedröhnt, Hunderte waren ausgeflippt und hatten sich in unerhörtem Gedränge übereinander getürmt. Nun wurden hier selbstgebastelte Bühnenbilder hingebaut, Girlanden aufgehängt, Stühle und Bänke hingestellt. Polygame Hippiegroßfamilien ließen sich überall in Erwartung des Weihnachtswunders nieder.

Ich hatte Kolja vorgeschlagen, dass wir uns hier treffen, bei diesen harmlosen Unbekannten, was mir in seiner Situation wichtig schien. Als er kam, war er schon schwer besoffen, Ruslan und Alina versuchten, seine Bewegungen zu kontrollieren. Mir wurde klar, dass ein Gespräch mit ihm sinnlos war, zudem hatte die Vorstellung bereits begonnen, und so ließ ich alle drei zum Ausruhen auf den Bänken im Vorraum.

Die Hippies waren wie immer im Wahn, säuselten irgendwas, machten sinnliche Handbewegungen, sangen zur Gitarre, wie es sich gehört. Alles war elend, dürftig, sinnlos und ein bisschen bescheuert, wie immer, wenn sich Vierzigjährige benehmen wie Kinder. Nichtsdestotrotz war es wohl für die Kinder, ich meine die echten Kinder, ziemlich lustig: Sie lachten und krabbelten zu Füßen der Schauspieler herum. In der Mitte des Stücks erschien mitten im Saal eine in selbstgenähte antike Gewänder gehüllte Frau mittleren Alters, die die Heilige Jungfrau spielte und uns eindringlich die schlimme Nachricht verkündete: Der blutrünstige Kaiser Herodes hat seinen Soldaten befohlen, alle Kinder in Bethlehem zu töten. In diesem Moment wird die Saaltür aufgerissen, und Kolja stürzt herein, reißt Bühnenbilder um, schubst Schauspieler und Kinder weg. Mit einer Hand zieht er einen riesigen Hippie im Kostüm des persischen Kaisers an seinen langen Loden, mit der anderen prügelt er ihn windelweich. Der wehrt sich unbeholfen und stürzt am Ende in die Zuschauer, reißt dabei den Rest des Bühnebildes um und zieht auch den 100-Kilo-Kolja mit.

In diesem Moment fiel auch in mir etwas um. Ich drängelte mich instinktiv durch die Menge durchgedrehter Mütter, instinktiv griff ich mir Kolja und zog ihn heraus und jagte ihn instinktiv aus dem Klub. »Märchen wolltet ihr? Verfickte Märchenerzähler! Hier kriegt ihr euer Märchen, im Blut werdet ihr alle baden, verstanden!«, brüllte Kolja mit einem wahnsinnigen Blick in den Saal, während Ruslan und ich ihn rausschleiften. Es stellte sich heraus, dass ihn der Kerl unsanft angequatscht hatte, irgendwas Falsches gesagt hatte, tja, und da hat er es ihm gezeigt. Später, nach der Party, angelte sich Kolja den Kerl und zwang seine Frau, ihm als moralische Entschädigung tausend Rubel zu zahlen, die er umgehend mit gerade rechtzeitig auftauchenden Kumpels versoff. Zu diesem Zeitpunkt war ich schon weg.

Die Szene blieb mir lange im Gedächtnis. Gut, dass kein Kind zertreten wurde. Aber in mir ist in dem Moment aus Schwermut etwas umgefallen. Denn all das, jeder Schlag von Koljas Hand, war unausweichlich, fatal, absehbar. Es musste einfach passieren. Ich erwartete es aus tiefster Seele – und da war es, vor meinen

Augen. Gott sagte mir: Schluss, es reicht. Das war genau so barbarisch und unabwendbar wie alle unsere Aktionen der letzten Jahre. Das war einfach nur verfickter Scheiß.

Wir stehen alle in der Bahnhofshalle, sind in nervöser, gehobener Stimmung, wie wir es alle lieben. Nur nahe Freunde sind da und einige, die den Ausbrechern Geld geben wollen. Es ist nicht viel zusammengekommen, aber es wird reichen – auf der anderen Seite werden sie von genug Leuten erwartet, von genug guten Typen. Die Tickets haben wir mit fremden Pässen gekauft, in diesem Zug wird das niemand merken. Bis zur Abfahrt ist noch Zeit, keiner trinkt, wir stehen einfach alle zusammen rum und denken an alles Mögliche, an die fröhliche Seite des Lebens. Es ist ein angenehmes Gefühl, etwas Großes endet, etwas Neues beginnt, ein Vorgeschmack von Abenteuer, ein neuer Schritt in der Karriere des Lebens. Auf und ab, und gut, wenn es nicht wehtut.

Der Zug rollt ein, wir gehen zum Waggon. Letzte Adressen, Telefonnummern, Abmachungen, Kennwörter, Witze, Gerede. Wir sehen uns im Neuen Jahr, zum Glück ist der Weg nicht weit. Und Tschüß.

Ruslan und ich laufen über den nächtlichen Bahnsteig zurück zum Bahnhofsgebäude. Es ist kalt und hell von den grellen Lampen und Kiosks.

»Und du jetzt auch bald ...«

»Ja, ich auch, wahrscheinlich in einer Woche. Weißt du, das ist wie die letzten Sekunden eines guten Abenteuerfilms. Das Schlussbild, eine Landschaft, irgendwas Versöhnliches, angenehme Musik. Noch einen Moment, dann wird es dunkel, und der Abspann kriecht langsam die Leinwand hoch.«

Es fiel dicker Schnee. Nacht. Ich stand auf der Treppe vor dem Grenzkontrollgebäude und schaute, wie die Schneeflocken langsam fallen. Auf der anderen Seite – ich stand schon auf der anderen Seite. Mein Gott, sie haben mich rausgelassen, alles vorbei. Tja, im Prinzip mussten sie mich rauslassen, ich stand weder auf der landesweiten noch auf sonst irgendeiner Fahndungsliste. Aber all das, alles, was ich hinter mir gelassen hatte, hatte ziemlich beängstigend ausgesehen. Ich war sehr froh. Ein hübsches Mädchen hinter Panzerglas hatte mir den Stempel in den Pass gesetzt, ich machte ein paar Schritte und war hier, draußen, in der Freiheit. Im weiten Kosmos. Er lag jetzt in Gänze vor mir, dunkel, kalt, sich in endlose Ferne erstreckend. Und ich hatte für die ganze Galaxis nur meine Tasche und eine Telefonnummer. Kein Geld, keine Aufgaben, keine Kontakte, nichts, am Anfang schuf Gott den Himmel und die Erde. Ein großes Abenteuer.

»Ziehe aus aus Ägypten, denn dort herrscht Finsternis«, hatte Er zu mir gesagt, und ich habe Ihm erleichtert gehorcht. Irgendwo hinter mir, tausend Kilometer entfernt, stürzte ein riesiges, tausendköpfiges Ungeheuer los, seine Millionen Augen suchten mich, seine Milliarden Zähne wollten mich packen. Es blies mir in den Nacken, ich spürte seinen Atem. Und eilte nach der Passkontrolle schnell zu dem herannahenden Reisebus.

Ich hatte Ljoscha vor vielen Jahren zum ersten Mal getroffen. Er war damals schon emigriert, hatte eine Ausländerin geheiratet, hatte sich neue Leute für eine Band zusammengesucht und tourte mit ihnen durch Russland. In dem Saal, in dem mittlerweile die Hippie-Weihnachtsfeiern stattfinden, drängten sich zweihundert Leute, es gab keine Bühne, die Anlage stand direkt in der Menge. In einem furchtbaren Gedränge und Mief sah ich zwischen den Menschen hindurch, wie ein muskulöser Kerl mit freiem Oberkörper aus voller Kehle ins Mikro brüllt und sich mit dem Mikrofonkabel stranguliert. Er ist knallrot, aber weder vor Hitze noch vor Anspannung noch davon, dass er sich aus Scherz stranguliert. Auf der Schulter hat er ein blaues Tattoo – ein buddhistisches Dharma-Rad, das Rad deines Lebens. Ich dachte damals, dass das wahrscheinlich ein echt korrekter Typ ist.

Rund zwei Jahre später war er wieder in Moskau und ich lud ihn mitten in der Nacht zu einer Aktion ein, weil ich dachte, dass es bestimmt lustig wird. Es war schon gegen eins, als wir uns in der Metro trafen. Die Marmorsäulen führten uns in die heiligen Gemächer der Gewalt. Der Zug fuhr ein, ich renne in den Waggon und treffe auf die fassungslosen Gesichter der Leute, die hilflos am anderen Ende des Wagens sitzen. »Guten Abend, hier sind wir!«, schaffe ich gerade noch, sie zu begrüßen, als sich ungefähr zehn Leute auf sie stürzen. Im Chaos vergesse ich, dass ich einen Gipsarm habe, und denke erst wieder daran, als er zerbrochen ist. »Ihr Or-tho-do-xen!«, schreit ein Skin und zerschlägt eine Bierflasche voll Pisse auf dem Kopf des Sängers einer bekannten Band. Den Musikern haben sie die Instrumente abgenommen, die anderen einfach zusammengeschlagen. Ljoscha hat das nicht gefallen – Gedränge, Chaos, er schaffte es gerade mal, einem eins in die Fresse zu geben. Übrigens war er früher mal Jiu-Jitsu-Meister im Wolgograder Gebiet.

Ljoscha ist ein Russischer Soldat. Wahrscheinlich sogar ein Roter Kämpfer.

An den abgewetzten Holzwänden hängen Teppiche, Balalaikas, sowjetische Plakate, eine Piloten- und eine Bullenuniform, eine Pelzmütze mit Ohrenklappen, auf dem Boden verteilt liegen Papirossipackungen *Prima Nostalgija* und Wodkaflaschen *Boris Jelzin*. Das Grammophon spielt Foxtrott, wir heizen den Ofen, kochen uns was, trinken verdünnten estnischen Sprit und Tschifir aus kantigen Gläsern in Teeglashaltern. Dann grölen wir betrunken *Durch wilde Steppen in Sabajkal – Po dikim stepjam Sabajkalja* und *Wot sishu opjat v tjurme! – Nun sitz ich wieder im Gefängnis*, slawische Gangstersongs, Russian Style. Ljoscha hat Russland vor vielen Jahren verlassen, geheiratet, sich scheiden lassen, Regie studiert, einen gottesfeindlichen Spielfilm gedreht, als Lenin im Leninmuseum gearbeitet, als Dolmetscher in einer Waggonfabrik, war Fußballfan der armseligen lokalen Fußballmannschaft, sang Räuberlieder und Romanzen in einer hiesigen Retro-Foxtrott-Band. Vor hundert Jahren wirtschaftete an diesem Herd hier eine anständige Familienmutter, die Frau eines Arbeiters der Stahlgießerei. Jetzt hängen zwei Immigranten auf selbst gezimmerten Pritschen vor ihrem Ofen herum, und aus dem alten Grammophon, das sie hinterlassen hat, grölt es lauthals *Äpfelchen – Jablotschka* und *Öffne uns halb das große Tor, du schöne Suomi – Raskrywaj nam Suomi-krasawiza polowinki schirokich worot!*

An jenen kalten endlosen Abenden, hunderte Kilometer von zu Hause entfernt, dachte ich, dass das kein schlechtes Ende eines guten Abenteuerbuches wäre. Wir besuchten eine uralte russische Banja in der Nachbarschaft, ein Gebäude aus der Zarenzeit, der Besitzer heizte nach Ende der Öffnungszeit nachts ordentlich ein. Wir soffen mit ihm, brachten Mädels mit, kloppten uns im Rausch, tranken Wodka und spielten Bandoneon. Ich lag im Dampfbad auf der Pritsche, war betrunken, hingegossen auf Frauenkörper und dachte: Wahrscheinlich bin ich gestorben.

Bis zu dem Monat, als ich abgehauen bin, hatte ich mehr als drei Jahre nicht getrunken. Ljoscha hatte, bevor er Russland verließ, fünf Jahre nicht getrunken.

»Hier ist alles anders. Sehr langweilig. Du musst trinken, sonst kannst du dich gleich umbringen.«

»Rundum nur hilflose Hippies, übergeschnappte Spießerkinder, und alles, was sie veranstalten, sind irgendwelche idiotischen Mädchenspiele: ihre ganze Kunst, ihre Lebensart, ihre Werte, ihr Aktivismus. Weißt du noch, wie die Mädchen früher *Kleines Geheimnis* spielten? Da gräbt man ein kleines Loch in den Boden, legt Perlen oder Bonbonpapier hinein, schüttet es mit Erde zu und legt eine Glasscherbe rauf. Überall hatten sie solche Verstecke und zeigten sie dann *ganz heimlich* ihren besten Freundinnen. Tja, ich schaue mich um, und alles, was diese Idioten, Hirnis, Milchbubi-Studenten zustande bringen, sind solche kleinen Geheimnisse. Bäh, fuck! Als wir klein waren, haben wir immer versucht, sie zu finden und die Scheiße kaputtzumachen.«

»Ich will mein Leben sinnvoll gestalten. Schlafen, Gymnastik, kalt Duschen, Frühstücken, Spazierengehen, Lesen, gesundes Mittagessen, Revolution, Sport, leichtes Abendessen, leichter Sex, eine Zigarette, um elf Uhr Schlafen.«

Wir sitzen in einem halbverfallenen Holzhaus mitten in der Fremde, vor dem Fenster Massen von Schnee. Dieses Haus ist als einziges erhalten geblieben, es stammt aus dem 19. Jahrhundert, früher sah die ganze Stadt so aus. In diesen Mehrfamilienholzhäusern lebten die Familien der Arbeiter von Stahlgießereien und Waffenfabriken. 1918 machten sie, direkt nach den Russen, ebenfalls einen roten Aufstand, bewaffneten sich bis an die Zähne, die Stadt wurde zum Zentrum der Revolution. Die Regierungstruppen hatten Angst, die Stadt zu stürmen, stattdessen stellten sie Fernkampfbatterien auf die Hügel und brannten sie nieder. Von den alten Holzbauten blieb nur dieses Haus erhalten, ein historisches Denkmal. Es wird nicht abgerissen, jetzt wohnt hier, wer grad kommt.

»Ljoscha, was würdest du denn tun, wenn es wieder Krieg gäbe, wenn die Weißen kämen? Würdest du kämpfen?«

»Ja. Klar. Ich würde für die Roten kämpfen. Selbstverständlich. Mit Gewehr, mit allem drum und dran. Was denn sonst?«

Ljoscha hat noch eine Tätowierung auf der linken vorderen Schulter. Riesige blaue Buchstaben: *Time kills*. Er hat sie sich selbst reingehauen, teils mit einer Gitarrensaite, teils mit Nadeln. Als er noch an der Wolga lebte, auf dem Höhepunkt jener denkwürdigen Ereignisse, bei denen die Armee zur Niederwerfung gerufen wurde, lebte er mit einem Mädchen zusammen, das ihn sehr liebte. Sie lebten und waren ziemlich glücklich, doch dann kam plötzlich ihr Bruder ums Leben, und ihre Mutter, eine sehr gläubige Frau, überzeugte das Mädchen, dass das passiert sei, weil sie mit Ljoscha in Sünde lebt. Sie tat Buße und ging ins Kloster. Ljoscha drehte voll am Rad, fuhr ihr hinterher, lebte beim Kloster, bekniete sie zurückzukommen. Aber sie war schon voller orthodoxer Inbrunst und erklärte, dass sie ihn nicht mehr sehen wolle. Im Delirium, im Wahn kehrte Ljoscha in die Stadt zurück und ging schnurstracks zu ihrer Mutter, um sie anzubrüllen. »Beruhige dich, Alexej, es ist alles vorüber. Jetzt wird alles gut für sie. Und für dich wird auch alles gut, wird alles genesen. Die Zeit heilt.«

»Fuck, die Zeit heilt nichts, die Zeit tötet!«

Später verließ das Mädchen das Kloster und wurde heroinabhängig. Ljoscha hatte zu der Zeit Russland schon verlassen.

Anja ist mich besuchen gekommen, angemalt wie eine Matrjoschka. Wir sitzen in Badelatschen auf der Veranda in dem verfallenen Haus auf dem Berg. Unten liegen die südliche Stadt und das Meer, es nieselt, es ist kühl.

Lange schweigen wir, wir sind sehr froh, dass wir uns endlich verpisst haben.

»Eine Bekannte von mir hatte einen Hund, der immer klang, als würde er lachen. Wenn man bei ihnen zu Besuch war, kam er gleich zur Tür und freute sich so ... so aufrichtig, als würde er lachen. Er war schon alt, und der Arzt sagte, dass er sich nicht so doll freuen dürfe, er sei zu emotional. Und so sperrten ihn die Besitzer im Zimmer ein, bevor Besuch kam, damit er sich nicht gleich so heftig freute. Trotzdem war er sehr heiter, innerlich zerriss es ihn förmlich vor Freude, wenn er Menschen sah. Und einmal blieb sein Herz stehen – so sehr freute er sich.«

Der Herr ist mein Hirte. Er weidet mich auf einer grünen Au und führet mich zum frischen Wasser. Er gibt mir Essen und Kleidung, mir wird nichts mangeln. Er bewahrt mich vor Angst und Versuchung, amputiert mir verfaulte Glieder, lässt mich nicht auf Abwege geraten. Lässt mich keine Pause machen, lässt mich nicht entspannen, weckt mich und jagt mich auf unbekannte Wege. Er stählt und lehrt mich, bestraft mich oft, verzeiht mir immer. Er nötigte mich, viele Werst zu gehen, vieles zu überwinden, Unnötiges abzulehnen und Überflüssiges zu vergessen. Er verzehrt mich, macht mich leichter, durchsichtiger, salbt meinen Körper mit Öl und Kräutern, richtet ihn für die

Beisetzung. Nun, selbst wenn ich schon wanderte im finstren Tal, fürchte ich kein Unglück, denn mein Gott ist immer bei mir, Sein Stecken tröstet mich, Seine Keule beruhigt mich.

Natürlich war Fedja reif. Vielleicht war er schon fast reif, bevor wir uns kannten, aber zum Schluss war er hundertprozentig reif. Solche Leute lieben das Leben, sie freuen sich an jedem Moment, doch sie sind immer als Erste reif, es zu verlieren. Sie lieben ein schönes Leben und hohe Einsätze.

»Gestern komme ich nach Hause, meine Mutter ist mit den Nerven am Ende, hat über meinem Sofa eine Ikone aufgehängt und nimmt Medikamente. Sagt, sie war bei einer Wahrsagerin, die mein Foto angeschaut und gefragt hat: ›Lebt dieser Mensch noch? Er wird keines natürlichen Todes sterben, er wird sehr bald getötet werden, wenn er nicht schon getötet wurde.‹ Ich habe dann die ganze Nacht geträumt, wie man mich absticht und absticht, und bin schweißgebadet aufgewacht. Aber was willst du machen, klar, solche wie wir sterben keines natürlichen Todes.«

Das hatte Fedja mir vor ungefähr drei Jahren erzählt. Später, schon nach seinem Tod, sagte mir seine Mutter, dass sie nicht nur einmal bei der Wahrsagerin gewesen sei, sondern viermal, und jedes Mal habe die sich gewundert, dass der Mensch auf dem Foto noch lebt, sie hatte einen gewaltsamen Tod binnen kürzester Zeit vorausgesagt. Also, Fedja war reif. Aber er wollte überhaupt nicht.

***

Tja, das kommt vor. Er war schon ins Bett gegangen, da ruft jemand an – wie so oft, nichts Neues. Er nimmt sein ganzes Geld, Messer, Knarre, geht aus dem Haus. An der Tür dreht er sich um, sieht, wie sich seine Mutter in der Küche Valium in ein Glas tropft. Sie hat wieder gelauscht. Er setzt sich auf sein Moped, fährt um drei Uhr nachts ins Zentrum, um die Jungs, all diese Bengel, die noch nicht mal zwanzig sind, aus der soundsovielten ausweglosen Situation rauszuholen, in der sie sterben oder hinter Gitter kommen können. Heute, wie schon letzten Monat, letztes Jahr, immer. Er hat das immer gemacht. Ist immer als Erster gekommen, hat aufgemuntert, Bullen angebrüllt, Geld zugesteckt, die richtigen Leute angerufen, vermittelt, stundenlang vor Polizeiwachen in ganz Moskau rumgestanden. So hat dieser Mensch gelebt. Ein anderes Leben hatte er nicht. Hatte er echt nicht. Sein Leben lang bettelarm, in einer mickrigen Wohnung mit seiner Mama, der Familie seiner Schwester, in einem Zimmer so groß wie eine Badewanne. Sein Leben lang Arbeit in irgendwelchen Warenlagern, Fabriken, in dreckigen Kneipen, schlechter Alk, schlechtes Leben. Viele Jahre. Er hatte nichts außer Freunde, außer all jenen, die um ihn waren und denen er sich immer ganz hingab, aus irgendeinem Grund ganz und gar. Ihnen glauben, ihnen vertrauen, mit ihren Problemen leben, in ihnen leben – das war das, was er konnte. Sonst war da nicht viel. Solche Leute gibt es jetzt nicht mehr. Sich selbst vergessen und völlig in den Sorgen und Freuden deiner Nächsten aufgehen, im Glück und im Leid ... was denn sonst ... Auch damals kam er, wer weiß warum. Alles war längst vorbei. Vor dem Klub wurde er von Bullen begrüßt, die mit einer halbstündigen Verspätung aufgekreuzt waren, sie fanden das Messer, die Knarre. Alles nach Drehbuch. Wieder wurde er als Einziger verhaftet, wie schon so oft, einfach weil er als letzter daran dachte, seine eigene Haut zu retten. Irgendwie hat er daran fast nie gedacht. Immer geschlagen, immer der Erste, der austeilt und eine reinkriegt. Wie denn sonst? Anders konnte er nicht. Die Mutter sagt: »Schon mit vier habe ich ihn immer angeschaut und war derartig ergriffen von Trauer und unfassbarem Mitleid für diesen Jungen, aus heiterem Himmel überfiel mich Mitgefühl für das Leiden, das er sein ganzes Leben lang würde erfahren müssen.« Er hat immer gelitten, bis zum Ende, und starb in Qualen. Die Mörder fügten ihm keine tödliche Verletzung zu, sie stachen einfach brutal auf ihn ein, Gesicht, Brust, Rücken, Hände, Arme. Er war die ganze Zeit bei Bewusstsein und schrie, bat darum, den Rettungswagen zu rufen, wälzte sich auf dem Boden, versuchte, den schrecklichen Schmerz auszuhalten, der seinen ganzen Körper zerriss. Mutter, Schwester und die sich versammelnden Nachbarn aus dem ganzen Haus konnten ihm nicht helfen, solange er schrie und sich mit letzten Kräften ans Leben klammerte. Der Rettungswagen kam nach fünfunddreißig Minuten, er war bis zum Schluss bei Bewusstsein, erlebte unmenschliches Leid. Wenn es eine Hölle gibt, dann erlitt er entsprechende Qualen am lebendigen Leib. Ich weiß es nicht genau, aber ich glaube, er hat in seinem kurzen Leben vielen Leuten ziemliche Schmerzen zugefügt. Doch mir persönlich bleibt er im Grunde nur mit der Fürsorge in Erinnerung, die er den Menschen entgegenbrachte, mit dem Mitleid, das er hatte, wenn er mit uns allen litt. Ob wir wohl irgendwann würdig mit ihm Mitleid haben können? Ich weiß es nicht.

Nach Fedjas Tod, am übernächsten Tag, rief mich plötzlich Mischa an. Wir hatten mehrere Jahre nichts voneinander gehört, er war damals sauer auf uns gewesen, hatte seine Telefonnummer geändert und war nicht mehr aufgetaucht. Er sagte, dass er heute beim Anschauen alter Fotos geheult hätte. »Wie konnte das nur passieren. Wir hätten doch schon vor drei Jahren damit aufhören können, jederzeit hätten wir aufhören können. Damals, als klar wurde, dass all das ein einfaches Ticket war und es keine Rückfahrt geben würde, haben wir uns ja noch getroffen und lange gestritten, wie es weitergehen soll. Kolja und ich waren dafür, was anderes zu machen, doch Fedja hielt dagegen, er sagte, dass man es nicht dabei belassen dürfe. Aber was wäre, wenn wir damals aufgehört hätten? Fedja wäre noch am Leben, all die Jungs wären noch am Leben, alles wäre anders. Das denke ich die ganze Zeit.«

»Ja, das ist alles beschissen. Ich spüre jedes Mal Schuld, wenn in Moskau oder sonstwo ein Typ umkommt. Das ist schlimm. Aber, Misch, ich weiß nicht. Ich weiß nicht, wann wir hätten aufhören sollen. Und Fedja wusste es auch nicht. Wann soll man denn passen wie beim Poker, wann die Karten hinwerfen? In welchem Moment? Nach welchem Mord? Ich weiß es nicht.«

Wir kamen zu Fedja gerast, da waren schon haufenweise Bullen da, lachten, rissen Witze, begrapschten alles. Mir gingen die Nerven durch, ich brüllte sie an, begann fast eine Schlägerei mit dem Chef. Sie riefen die Streife, legten mich in Handschellen und brachten mich aufs Revier. Außer mir saßen noch zwei Streifenbullen aus dem Stadtteil im Auto. Sie hatten noch nicht kapiert, was los war, und tauschten Gerüchte aus.

»Die Chatschis haben wohl einen Skin niedergemetzelt. Jetzt sieht es für die Kaukasier im Stadtteil finster aus. Er wurde in die Leichenhalle gebracht. Ich sag dir, der ganze Körper mit Tattoos übersät. Hakenkreuze, Totenköpfe, Adler, alles, wie es sich gehört ...«

In Wirklichkeit hatte Fedja ganz andere Tattoos. Auf dem Arm ein Herz, einen Vogel, eine Klinge und den Schriftzug: *Liebe deinen Nächsten*.

Kälte. Schnee, Licht, knallrotes Blut auf kaltem Schnee. In Moskau hat ein Idiot Stas erschossen, den fröhlichen Anwalt. Hat geschossen, ist zur Metro gerannt und über die Drehkreuze gesprungen, weil sein Ticket nicht funktionierte ... Alle meine Bekannten haben sich Gummigeschoss-Maschinenpistolen gekauft und Waffenscheine besorgt. Macheten und Dolche namens *Tarzan* gehören der Vergangenheit an. Alle haben ihre Arbeit verloren, die Lebensmittelpreise haben sich verdoppelt, der Präsident sagt: Wir dürfen nicht lockerlassen. Dabei wäre es längst an der Zeit lockerzulassen ...

»Ich bin schon immer gern gereist. Letztes Mal, als ich auf diesem Schiff war, hatte ich noch zwanzig Cent. Ich hab sie in einen Automaten gesteckt und fünf Euro gewonnen. Jetzt hatte ich nur noch zehn Cent, ich konnte nicht mal spielen, aber das Schicksal schickte mir als Reisegefährten einen mormonischen Priester. Gott gibt uns Chancen.«

»Auf jeden Fall«, stimmt mir Rod zu, mein Nachbar im Gemeinschaftsschlafsaal der niedrigsten Klasse auf dem riesigen Schiff. »Ich war mit meinen Klappstullen nicht Ihr zufälliger Begleiter und Sie mit Ihren spannenden Geschichten über Ihre religiösen Pilgerfahrten zu heiligen Orten waren für einen älteren Priester auch kein Zufall. All das ist Schicksal, Gott gibt uns Chancen.«

Hm, ich fahre nach Hause. Alles wird schlecht.

***

»Shenja, wir sind Hobbits. Du weißt doch noch, in dem Film, am Ende segeln sie mit den Elben gen Westen und sagen ihren Freunden Lebewohl ... Wir sind jetzt Hobbits.«

BACKSTAGE

12 – In der ersten Hälfte meines Lebens habe ich nichts kapiert. Ich wuchs auf, umgeben von Regalen voll mit Büchern und wissenschaftlichen Zeitschriften, und kapierte nicht, warum mein Großvater, ein Professor, bettelarm war, warum meine Altersgenossen Klebstoff schnüffelten und Gangster werden wollten. Auf der Straße drehten sich die Leute für einen letzten Rubel den Hals um, und ich verkroch mich in die Welt der Bücher, versuchte, sie nicht zu verlassen. Doch bei dem Einkommen meines Großvaters war das nicht möglich – ich musste raus, und jedes Mal war es ganz schlimm. Nicht nur bekam ich eins in die Fresse, scheinbar kriegte jeder eine rein, Kinder wie Erwachsene. Niemand brachte was zustande, alle waren Versager, und über dem endlosen Sumpf der Armut herrschten die vollgefressenen Aasgeier: Gangster und Bullen. Die Kinder kämpften sich wie die Erwachsenen durch diesen Sumpf, versuchten aus ihm herauszukriechen, doch keiner schaffte es, alle stürzten blutend wieder hinein. Arme Menschen. Und ich war ebenso arm.

Dann kapierte ich es plötzlich, als hätte es mir jemand eingeflüstert. Man muss einfach alle zusammenschlagen. Einfach alle zusammenschlagen. Sich keine Geschichten anhören, keine Schulterstücke oder Hierarchien beachten – einfach zuschlagen. Das war die Sprache, die allen gefehlt hatte. Und siehe da: Es funktionierte. Jeder kleine Scheißer, Bandit, Nazi, Bulle oder schlicht Grobian, der ohne Gerede eins in die Fresse bekam, wurde plötzlich verständig – als würde in seinem Kopf für ein Moment ein scheiß Teufelskreis durchbrochen. Für Sekunden sah er die Dinge in einem neuen Licht – und wir verhalfen ihm dazu. Wir leisteten großartige Erziehungsarbeit an den Russen, an Jungs, die sich die ganze Zeit sehr schlecht benahmen, denen der Weihnachtsmann keine Geschenke brachte.

Es ging um Nazis. Alle Subkulturen dieser Jahre wurden auf der Straße von Nazigruppen kontrolliert. Es gab zehntausende alleine in Moskau, und was anderes existierte nicht. Das passte uns natürlich nicht: Adolf Hitler, das Dritte Reich, die Juden als der böse bourgeoise Abschaum. Am meisten stieß uns an den Nazis ab, dass sie so perfekt in die russische Realität passten – genau so zog das *neue Russland* seine in die Zukunft strebenden Sprösslinge heran: gierig, dumm und böse. Nazi zu sein war cool, in jugendlichen Kreisen gehörte es zum guten Ton. Viele gingen als Erwachsene zur Miliz und machten dort richtig Karriere. Es war ekelhaft, und wir begannen ohne eine Spur des Zweifels, sie zusammenzuschlagen – so hat alles angefangen.

15 – Wir Jungs hörten Hardcore-Punk und fuhren unglaublich gerne mit einer Band, die wir persönlich kannten, auf Tournee in kleine Städtchen rund um Moskau. Das war natürlich immer eine Art Militäroperation, in den seltensten Fällen schafften wir es bis aufs Konzert. Die Schlägereien mit Nazis und Gangstern aus der jeweiligen Gegend begannen gewöhnlich schon in den Vorortzügen, den sogenannten Elektritschkas, und dauerten bis zum Schluss der Reise. In Russland gab es echt viele Nazis und kleine Gangster, man traf sie in Gruppen, wohin man sah. Es ging hoch her.

Die Kinder von Bullen hassen Bullen – so hieß ein Lied unserer befreundeten Band. Wenn im Saal ein Bulle war, zum Beispiel als Wachmann des Klubs, griff er, wenn das Lied erklang, zum Funkgerät und rief eine OMON-Spezialeinheit. Danach begann die echte Show.

17 – Wir wollten immer zumindest ein bisschen am politischen Leben teilhaben, an Paraden oder Demonstrationen. Doch leider gab es Anfang des Jahrtausends in Russland nicht eine einzige linke Jugendbewegung. Bei Nazi-Umzügen versammelten sich Tausende – die linke Bewegung dagegen bestand allein aus schwachsinnigen

stalinistischen Greisen oder Freaks mit unbegreiflichen Ansichten. Davon gab es allerdings ziemlich viele, und so marschierten alle gemeinsam an jedem 1. Mai, zum alten sowjetischen Tag der Arbeit und des Frühlings, als ungeordneter Haufen vom Lenin-Denkmal zum Karl-Marx-Denkmal. Aufgrund mangelnder Alternativen amüsierten wir uns, indem wir ihnen Gesellschaft leisteten.

Aus dem Gemenge roter Flaggen und alter Leute stach die schwarze Kolonne der in diesen Jahren populären Nationalbolschewistischen Partei heraus. Das war noch so ein Bastard, hervorgebracht von dem schrecklichen Bruch im Bewusstsein vieler Russen: der Kluft zwischen ihrer feinen Bildung und der Dunkelheit ihres realen Lebens. Die Ideologie dieser seltsamen Bewegung vereinte Faschismus und Sozialismus. Hitler und Stalin, Hakenkreuz und Hammer und Sichel verschmolzen im Bewusstsein des Parteiführers, des Schriftstellers Eduard Limonow, in phantasmagorischer Ekstase. Unverständlich, intellektuell, brutal – das genügte, um Tausende meiner Generation, magere Bürschchen aus gebildeten Familien, zu begeistern. Viele von ihnen buchtete man später für die Teilnahme an solchen Versammlungen ein, für fünf, sieben, zehn Jahre.

Auf diesen roten Märschen amüsierten wir uns, so gut wir konnten. Wir brüllten absurde Losungen, priesen Stalin, kotzten – wir waren sowieso fast nur von Verrückten umgeben. Sieben Jahre später, als wir schon verdammt viele waren, meldeten wir uns wieder zum Tag der Arbeit. Die Organisatoren und die Alten waren ziemlich baff, als inmitten dieses Karnevals plötzlich ein Haufen Leute in Schwarz unter schwarzroten Flaggen auftauchte. Auch die Miliz war nicht darauf vorbereitet und trieb uns nicht einmal auseinander – damals marschierten zum ersten Mal Anarchisten zum Kreml.

25 – Wir fuhren nicht nur zu Konzerten in andere Städte, sondern auch zu Fußballspielen. Auf dem Gebiet der ehemaligen Sowjetunion gab es nur zwei Fußballmannschaften, deren Fans Antifaschisten waren: Arsenal Kiew und MTZ Partizan aus Minsk. Wir knüpften schnell Kontakt und fuhren ständig zu ihren Spielen, um bei der Verteidigung gegen die Fans aller anderen Mannschaften zu helfen, gegen die Massen wütender Nazis. Das war sehr lustig und hatte Zunder – bis zum Spiel schafften wir es normalerweise nicht. Auch damals, am 9. Mai 2006, kamen wir nicht bis zum Stadion.

33 – Als wir anfingen, Hardcore-Punk zu hören, merkten wir, dass es in Moskau schon eine Szene gab, dass man die Musik nicht nur auf Kassetten hören, sondern auch auf richtige Konzerte gehen konnte. Wir freuten uns total und besuchten eines. Wir waren schockiert, dass es sich in keiner Hinsicht von einer dieser Schul-

discos unterschied, zu denen wir nie gingen. Da gab es modisch gekleidete Jungs und ihre Freundinnen, alles fand in einer Heavy-Metal-Bar statt, der Wachschutz war ein Bulle, und das schlimmste: Es gab einen Haufen Nazis, die ebenfalls modisch und freundlich waren. Die standen da alle im Saal rum und tranken ihr Bierchen. Wir kapierten es nicht und gaben gleich einem eins aufs Maul – die Musik war übrigens auch mies.

Danach versuchten wir, unsere eigene Hardcore-Punk-Szene aufzubauen, wir organisierten Konzerte in verfallenen Kinos, Dorfgaststätten, in Kellern von Hochhäusern. Für einige Zeit hatten wir sogar so eine Art eigenen Klub – einen heruntergekommenen Bunker aus dem Kalten Krieg mitten im Wald. Er war überschwemmt, also legten wir ihn trocken und schlossen ihn ans Stromnetz an – fortan fanden alle unsere Konzerte zehn Meter unter der Erde statt, in einer riesigen, feuchten Betonhöhle. Dort vollzogen wir mitten in der Nacht unsere heiligen Handlungen, zuckten und krampften im Dreck, während einer ins Mikrophon brüllte.

37 – Jaja, das habe ich aus einem Film von Alain Resnais. Na und? Ich habe den Film mal als Kind gesehen, und dieses Stück hat sich mir ins Gedächtnis gebrannt, es regte mich noch viele Jahre an. *Like a shark – got to get moving* ist noch ein Aphorismus aus dieser Serie, von Johnny Cash, der meine pubertäre menschenfeindliche

Philosophie untermauerte. Ich weiß bis heute nicht, ob ich ihr entwachsen bin.

40 – In meinen ersten Tagen in Thessaloniki herrschte dort der totale Wahnsinn – alle haben alles demoliert. Das einzige Ziel der Polizei war, das Gebäude der Stadtverwaltung zu retten, indem sie Raketen mit Pfeffergas abfeuerte. Alle liefen mit neuen Smartphones rum und spielten auf dem Gehweg mit Notebooks, die sie im Media Markt geklaut hatten – in der Nacht stand das gesamte Zentrum in Flammen. Ein Bild ist mir aus dieser Nacht noch in Erinnerung: Ein Mann schleift eine riesige Jesus-Ikone (doppelt so groß wie ein Mensch) aus einem demolierten Laden neben einer Kirche und schleudert sie mit Schwung in die Flammen der brennenden Citybank.

Trotzdem hatte ich bald genug davon – irgendetwas fehlte. Das Chaos war zu raffgierig, zu sehr an Konsum interessiert. Es mangelte an Stil und Ausgelassenheit, wie wir es bei uns in Moskau kultiviert hatten. Das war keine Reinigung, keine Politik, das war reine Kriminalität. Nicht nur ich war unzufrieden: Einmal zog mich Chris, ein Kanadier, mit dem ich eine Villa besetzt hatte, zur Seite. »Ich hab eine Idee. Wir sollten einen Priester entführen. Davon gibt es hier Massen, und das Volk ist sehr religiös. Wir stellen unsere Forderungen, und dadurch wird der Protest sofort politisiert.« Ich bereitete mich zu dem Zeitpunkt gerade auf eine Tour durch die griechischen Klöster vor und lehnte den Vorschlag des Kanadiers ab.

48 – Noch eine Fahrt zu einem Konzert in der Provinz, wieder gab es von der ersten Minute an Schlägereien mit Nazis, die Geschichte endete mit einer gewaltigen Schlacht und einer lustigen Episode: In der morgendlichen Elektritschka trafen wir zufällig einen Anhänger unserer Bewegung, den wir überhaupt nicht kannten, obwohl es in Moskau lange nur wenige wie uns gegeben hatte. Das bedeutete, dass wir Punkte sammelten, dass unsere Popularität wuchs – nur war der Kerl ziemlich verstört, angesichts dessen, wie wir in Wirklichkeit aussahen.

50 – Der Sowjetische Mensch – es ist schwierig, das jemandem zu erklären, der nicht in einer postkommunistischen Gesellschaft geboren ist. Es gibt eine riesige Bevölkerungsschicht in Russland und einigen anderen Ländern, die einfach nicht gelernt hat, in der Marktwirtschaft zu leben, in der russischen Wirklichkeit heißt das: unter der Herrschaft von Gangstern. Sie haben einfach nicht kapiert, wie man klaut, Schmiergelder zahlt, einige von ihnen haben vielleicht nicht mal gelernt, wie man mit Geld umgeht. Sie wurden im sowjetischen Inkubator herangezüchtet, um Ingenieure, Traktorfah-

rer, Ärzte zu werden, und haben danach nicht gelernt, Passanten zu beklauen, mit chinesischen Jeans zu dealen oder Richter zu bestechen. Sie konnten sich nicht anpassen und waren zum Aussterben verdammt – ich frage mich, warum die neuen demokratischen Machthaber sie nicht gleich erschossen haben.

Zu diesen Leuten, die sich am tiefsten Grund der russischen Gesellschaft befinden, gehörte auch meine Familie, gehörten die Familien meiner Freunde, die Mehrheit der Familien im Land. Beim Anblick des Lebens dieser Menschen erwacht in mir der stärkste Wunsch nach Rache am russischen Regime.

52 – Dieses Stück ist meinem Freund Sascha und meinen Freunden und Kollegen gewidmet, mit denen ich bei der sozialen Ersten Hilfe für Obdachlose gearbeitet habe. Offiziell existiert ein solcher Dienst in Moskau nicht – ein ehemaliger Gangster entschied sich einfach dazu, seine Sünden zu sühnen und spendete eine riesige Summe für ein christliches Projekt, das sich wiederum entschied, davon unseren Dienst einzurichten. Es wurde ein alter Krankenwagen gekauft und ein Team von Ärzten, Arzthelfern und Freiwilligen zusammengestellt – eine wichtige Einstellungsvorraussetzung war, bestimmte Gebete auswendig zu können. Ich habe Religionsgeschichte studiert (es war die einzige Fakultät, wo man für die Aufnahme keine

Schmiergelder zahlen musste), und so hatte ich damit keine Probleme.

Wir haben das fast ein Jahr gemacht, bis das Geld des Gangsters alle war. Es war ein echter Albtraum – ich habe das Schlimmste gesehen, was Menschen passieren kann. Wir hatten weder die Mittel noch die Möglichkeiten, qualifizierte medizinische Hilfe zu leisten, die Krankenhäuser lehnten es ab, Sterbende aufzunehmen, und die Ärzte der *echten* Ersten Hilfe beschimpften uns aufs Schlimmste. »Diese Leute müsste man alle vor die Stadtgrenze karren, sie in eine Grube werfen und Kalk draufschütten – das wäre die richtige Therapie!«, brüllten sie. Übrigens hat die Moskauer Miliz genau das gemacht: An Tagen vor großen Festen oder Razzien sammelten sie die sterbenden Penner von der Straße und brachten sie zum Bahnhof. Da wurden die Obdachlosen mit Fußtritten in einen *Todeszug* verfrachtet, eine Elektritschka nach Osten, die bis zur letzten Station fuhr, 150 Kilometer von Moskau entfernt. Dort jagte man sie einfach aufs Feld hinaus, und es versteht sich von selbst: Wenn das im Winter geschah, krepierte die Hälfte von ihnen sofort.

Wir erreichten nachts einen dieser Bahnhöfe und umgehend stürmten Massen von Menschen unseren Bus. Sie waren bereits echte Zombies, völlig wahnsinnig, wir konnten ihnen nicht helfen. Nachdem wir die am schwersten Verletzten notdürftig geflickt hatten, mussten wir sie am nächsten Morgen wieder dort aussetzen, wo wir sie aufgesammelt hatten – ein paar Tage später fanden wir sie erneut, bewusstlos oder tot.

Meine Kollegen waren alle Orthodoxe, aber natürlich ein bisschen durchgedrehte – gutherzige Gemeindehelfer hielten sich bei uns nicht lange.

73 – Jaja, auch ich war damals beeindruckt von John Zerzans Ideen und der Figur Ted Kaczynski – aber wer von uns ist frei von Sünde?

76 – Zu einem gewissen Zeitpunkt merkte ich, dass eine Situation entstehen könnte, in der ich Russland würde verlassen müssen, und ich beschloss, Kontakt zu Mitstreitern in Westeuropa aufzunehmen. Ich suchte mir Schweden aus, fuhr nach Stockholm und lernte dort Leute kennen, außerdem erwarb ich bei ihnen im Tauschgeschäft einen Haufen Vinylplatten für meine bescheidenen Schiebereien. Dann checkte ich meine Mails und las, dass uns unsere Freunde, die Kiewer Arsenal-Fans, um Unterstützung baten bei einem Gastspiel in der traditionell feindlich gesinnten Stadt Lwow an der westlichen Grenze der Ukraine – alle Fans des dortigen Teams unterstützen die Nazis. Ich nahm das als Herausforderung: Innerhalb von vier Tagen musste ich ans andere Ende Europas gelangen, um mich mit einer Horde Nazis aus den Karpaten zu prügeln – und

das alles mit ein nur paar Groschen in der Tasche. Ich machte mich umgehend auf den Weg, über den Bottnischen Meerbusen, Finnland, Sankt Petersburg, Moskau, Kiew – und hab natürlich meinen Teil abgekriegt.

86 – Die orthodoxe Kirche in Russland – das ist ein sehr komplexes Thema. Einerseits ist sie eine gigantische Finanzmaschine, die unmittelbar mit dem Staat verbunden ist, ein Weg der Steuerhinterziehung und des Waschens krimineller Gelder, andererseits sprechen wir hier von einer (ziemlich großen) soziologisch recht seltsamen Bevölkerungsschicht, deren Angehörige ein großes Spektrum unterschiedlicher, oft konträrer Ansichten vertreten. Monarchistischer, antisemitischer, faschistischer Mist kommt aus den Mündern von Leuten, die nicht wie die Basis eines zukünftigen orthodoxen Imperiums aussehen: arme, abgerissene, ausgemergelte Figuren. Viele Versager des Typs Sowjetischer Mensch sind zu den Orthodoxen übergelaufen – de facto fanden sie in der Kirche die verlorene Mutter, die sie nährte wie ihre untergegangene Sowjetische Heimat, in der ebenfalls das Geld verachtet wurde und man dazu ermutigt war, im Namen von irgendwas zu leiden. Ich habe viele verschiedene nicht kommerzielle Bettelklöster in Russland besucht und dort solche Menschen getroffen – die Gespräche mit ihnen waren sehr interessant.

96 – Die Nazis hatten kapiert, dass sie den Krieg verlieren – wer versuchte, unsere Veranstaltungen zu sprengen, landete hinterher in der Notaufnahme. Sie selbst konnten bereits keine öffentlichen Veranstaltungen mehr durchführen – jede endete mit der Ankunft unserer Leute. Also baten sie zunächst die Polizei um Hilfe, der sie alle ihre Informationen über uns gaben, und dann einen Parlamentsabgeordneten, einen ehemaligen Militär, der ultra-rechte Ansichten vertrat. Der setzte einen offiziellen Brief an den FSB und die Staatsanwaltschaft auf, in dem er forderte, dass alle Mitglieder der extremistischen Organisation der *Antifaschisten* so schnell wie möglich zu verhaften seien. Als Köpfe dieses kriminellen Komplotts, das eine Gefahr für die konstitutionelle Regierungsform Russlands darstelle, wurden ich und einige weitere Helden dieses Buches genannt. Wir beschlossen, einige Zeit unterzutauchen, erst recht, da bereits seit zwei Wochen Berichte über die Schlacht in der Metro in den Nachrichten waren. Einige Leute wurden nach Weißrussland geschickt, zu unseren Freunden von MTZ Partizan, ich fuhr nach Finnland. Damals landete ich zwar nicht auf einer landesweiten Fahndungsliste, doch seither versuchte ich immer, ein offenes Visum im Pass zu haben.

101 – In Finnland hatte ich nur einen Bekannten – Ljoscha, den ich bis dahin zweimal in höchst speziellen Si-

tuationen getroffen hatte. Fünf Jahre zuvor war er, von der Polizei verfolgt, aus Russland geflüchtet, und nun hatte ihn dort im Norden tödliches Heimweh überfallen. Alle klassischen Merkmale eines russischen Emigranten waren bei ihm zu finden: Er fing an, fürchterlich zu trinken, sammelte Balalaikas und andere Artefakte der russischen Kultur, übte auf der Gitarre alte Gefängnislieder. Im Winter wird es in Finnland nur drei bis vier Stunden trübe hell – ich hatte klar vor Augen, welches Schicksal mich erwarten würde, wenn ich in der sanften Gefangenschaft der Schneekönigin verweilen würde. Ich versuchte, mich für den Fall einer Flucht eher Richtung Südeuropa zu orientieren.

114 – Während meiner Abwesenheit war in Moskau zu viel passiert. Einige Tage vor meiner Rückreise hatte ich eine griechische Zeitung aufgeschlagen und auf einer ganzen Doppelseite das Foto eines Freundes gesehen, des Anwalts Stanislaw Markelow, der uns alle in diversen Verfahren vertreten hatte. Er lag auf dem Gehweg, das Gesicht blass wie Schnee, der Schnee um ihn herum rot wie Kirschsaft. Die Nazis hatten sich an ihm gerächt – ein Kerl war auf der Straße von hinten an ihn rangetreten und hatte ihm mit zwei Schüssen den Schädel weggeblasen. Direkt vor meiner Abfahrt hatten wir mit Stas zusammengesessen und Fälle durchgesprochen, Pelmeni gegessen und rumgescherzt – und nun lag er bleich da.

Der Krieg ist mit neuer Kraft entflammt. Auf Moskaus Schwarzmarkt sind türkische Gummigeschosspistolen aufgetaucht, die bei Schüssen aus kleiner Entfernung Gehirne rauspusten – sie kosteten nur 100 Dollar. Natürlich haben sich alle sofort welche gekauft, auf der Straße hörte man nun ständig das Geknatter von Schüssen. Mich schüttelte es innerlich, als ich nach Hause fuhr – alles fing gerade erst an.

Petrograd, Piter – Alte bzw. informelle Bezeichnung für die Stadt Sankt Petersburg.

Wertinski – Russischer Chansonnier, Dichter der Dekadenz vom Anfang des 20. Jahrhunderts.

Warschawjanka – Revolutionshymne vom Anfang des 20. Jahrhunderts.

Leninzimmer – Zu Sowjetzeiten die Bezeichnung eines Raums in einem Betrieb, der dem Leben und Wirken W. I. Lenins gewidmet war und der der Schärfung des politischen Bewusstseins der Arbeiter dienen sollte.

Spartak – Der große Moskauer Fußballverein, dessen Fans, wie auch die Fans aller übrigen russischen Fußballclubs, teilweise für gewaltige Unruhen in der Stadt sorgen.

Michail Bojarski – Sowjetischer Sänger, der durch ein Alexandre-Dumas-Musical berühmt wurde. Die Lieder der Musketiere, die er darin sang, sind bis heute unvergängliche Hits der klassischen sowjetischen und russischen Unterhaltungskunst.

Stepan Bandera – Ein ukrainischer Nationalist, einer der Anführer der Unabhängigkeitsbewegungen der 30er und 40er Jahre, der in den besetzten Gebieten einige Zeit mit dem Naziregime kollaborierte. Nach dem Zerfall der Sowjetunion wurde er in der westlichen Ukraine zum Nationalhelden.

Kosmonauten – Wegen ihrer Helme werden die Polizisten der Sondereinheiten Kosmonauten genannt.

Dschochar Dudajew – Der erste Präsident der unabhängigen Republik Itschkeria, ein sowjetischer General, der für die tschetschenische Unabhängigkeit den bewaffneten Kampf gegen Russland aufnahm. Er wurde 1996 bei einem Raketenschlag ermordet – in seiner Truppe kämpften viele ukrainische Nationalisten aus Lwow gegen Russland.

Tschifir – Ein traditionelles, durchaus berauschendes Getränk in russischen Gefängnissen, für das man schwarzen Tee mit Wasser im Verhältnis 1:3 lange kochen lässt.

Raskrywaj nam Suomi-krasawiza polowinki schirokich worot! – Zeilen aus einem alten sowjetischen Lied aus der Zeit des Angriffs der UdSSR auf Finnland 1939.

Chatschi – Moskauer Bezeichnung für Immigranten aus dem Kaukasus.

Erste Auflage Berlin 2013

MSB Matthes & Seitz Berlin Verlagsgesellschaft mbH 2013
Göhrener Str. 7, 10437 Berlin
info@matthes-seitz-berlin.de

Titel der Originalausgabe: *Ischod*
Erstmals veröffentlicht 2010 in der Monatszeitschrift *Snamja*,
als Buch 2011 bei Asbuka, Sankt Petersburg

Umschlaggestaltung unter Verwendung einer Zeichnung
von Anja Tchepets, Berlin

Druck und Bindung: Friedrich Pustet, Regensburg

ISBN 978-3-88221-071-2

www.matthes-seitz-berlin.de